天国からの宅配便

Home delivery from heaven

Hiiragi Sanaka

あの人からの贈り物

柊サナカ

双葉社

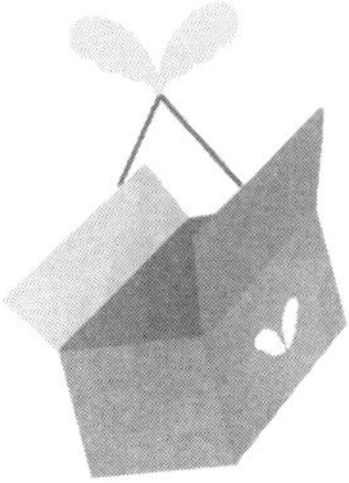

contents

天国からの宅配便

あの人からの贈り物

装画　宮下 和
装幀　岡本歌織（next door design）

著者エージェント／アップルシード・エージェンシー

第1話

父とカメラと転売人

さっきから及川《おいかわ》基樹《もとき》は、仰向けに寝転んで脚を上げた体勢のまま、スマートフォンで今月分のカードの請求を見ていた。請求額が、いくら何でも多すぎる。これはカードの不正利用に違いないと考え、及川は一行一行、請求の詳細を調べていく。なんと、使っていたのは二か月前の自分だった。購入したものは全部売り物だとはいえ、仕入れにはそれなりの金がかかるのが、この転売稼業の辛いところだ。

　狭いワンルームの部屋は、もはや日すら差さない。部屋の奥半分には段ボールがみっしりと天井まで積み上がっている。真ん中に、カニ歩きのように歩いて移動できる通路がある以外は、背の高いラックにアニメグッズ・同人誌・ゲーム機・限定商品のプラモデル等々の雑多な品物がぎっしりと積んである。雪が積もったら音を吸収するらしいが、こういった物も音を吸収するのだろうか、耳が痛くなりそうなほどの静けさだった。

　ここは単身者用ワンルームマンションの三階で、上下左右の部屋とも仕事に出て行ったあと、このマンションに残っているのは、この部屋の主である及川くらいだった。この部屋は、三十六歳にしてようやく手に入れた、俺の城だと及川は思う。毎朝つまらなそうな顔で会社に行って、昼は頷きマシーンと化して、夕方からは残業で、夜遅くに疲れた顔で帰ってくる奴らと俺は、根本から違う。人間の格が違う。なにせビジネスの荒波をサーフィンみたいに乗りこなす、俺は最高経営責任者《CEO》。この部屋のものはすべて商品で、富を産み出す無限装置だ。

　とはいえ、商品が多すぎて、もはや布団を敷くスペースすらなく、及川が寝ているのは玄関だった。玄関に半分に折った布団を敷いて、対角線のように斜めになって眠る。くつろぐのもその半分の布団の上だった。くつろぎタイムには脚を上げて、血の巡りを良くすることも忘れない。

　安く仕入れて高く値段をつり上げて売る。その繰り返しで富を雪だるまみたいに大きくしていく。よく売れる商品などは、同じものが二十も三十もあったりするのだが、及川自体は、そんなものにはなんの思い入れもないばかりか、少しの興味すらもなかった。興味があるのは品物の相場だけだ。

　相場を読むのは猟《りょう》と似ている。例えば、人気が出そうなおもちゃなどがあると、規則がゆるそうで、店員も気の弱そうな店を、あらかじめ猟場として目星を付けておいて、いち早く行ってすべて買い占め、子供が後ろの列で泣いていようと悠々と帰る。遅かったな坊や、次は俺より早く来るんだな、などと思いながら。ちらちら戦利品を見せつけたりして、親に睨まれるがへっちゃらだ。これはビジネスだ。ビジネスとは非情なものなのだ。何かと悪く言われがちな転売稼業だが、知略戦を勝ち抜いた者のみが利益を得られる高度な仕事だ。それがわからない輩は、黙って満員電車で押し寿司になっているがいい。

しかし、ここ数か月は高額の電子機器を仕入れていたせいで、貯金がどんどんと減っていた。商品はすぐ現金に換えられるわけではないので、当面の金策が苦しい。相場はまだまだ上がりそうなので、今ある商品はなるべく手放したくない。なんのしがらみもない金よ、俺の所へ急に湧いて出でよ、すぐ出でよ、と及川は願う。痛いのとか根性がいるものはなしで。例えば道で助けた外国人がアラブの大富豪で、お礼に油田をもらったり……いや、もっと現実的に行こう。道で助けたおばあさんが銀座《ぎんざ》に土地を持つ大地主で、お礼に土地をもらったり。そんなことをつらつら考えていると、突然ピンポンと間抜けな音が鳴った。誰かが来たらしい。

いつも使っている通販サイトでは、配送はマンションの宅配ボックスを使っているので、呼び鈴は鳴らない。勧誘は、このマンションは昼には誰もいないことがよく知られているため、めったに来ない。となると、それ以外の宅配となるのだろうが、何も思い当たらない。

及川は四年前、チケットに利益を乗せて売りさばくといったケチな詐欺罪で捕まったことがあり、実刑こそまぬがれたものの、それ以来、親からは勘当されている。これまでも折り合いが悪かったが、「逮捕」というのは、世間体を気にする田舎の両親には相当こたえたようだった。

あのとき、ぶん殴りにくる親父の拳が昔よりも衰えていて、それを必死に止めるおふくろの髪もつむじの所から真っ白になっていて、へえ、知らねえうちにずいぶんとまあ、爺《じじ》いと婆《ばば》あになったもんだなと他人事のように思ったのをよく覚えている。「離せっ！」「お父さんやめて！」って、なんだかコントみたいだな、と思って、〝ショートコント・勘当される息子〟などと頭の中に浮かんできたらもうダメで、こんな人生の修羅場の真っ最中なのに、ちょっと笑ってしまった。それを見ておふくろは情けなさのために泣き崩れ、親父は激昂して革靴を投げつけながら「出ていけ！」と怒鳴った。それきり家に帰っていないし、連絡も取っていない。

親戚にも縁を切られて天涯孤独、ついでにマルチの勧誘もしまくったために友人も全員消えた。当然ながら、付き合っていた女も逃げていった。だからなんの連絡もなく、荷物を送ってくるような人間に心当たりはない。

インターフォンのモニターは、商品に埋もれていて何も見えないので、及川は、よいしょと身を起こして、様子を窺うべく、片目分、ドアを開けた。

帽子をかぶった女と目が合う。

及川はそう背が低い方ではなかったが、それよりちょっとだけ低いくらいなので、女としてはかなりデカいのだろう。

段ボールの荷物を抱えているところを見ると、運送業者なのだろうが、ロゴマークは見たこともない柄だった。灰色の制服の胸のところに、白い羽根のマーク。名札には七星《ななほし》とある。ショートカットの女だ。この人、ぜったい走るの速そうだよな、とちょっと思った。だから宅配業者なのか？　全体の雰囲気が、サバンナでチーターから走って逃げる鹿っぽい動物に似ている。

その七星という女はハキハキ、「すみません、こちら、及川基樹さんのお宅でしょうか」と訊いてくる。

「〝天国宅配便〟です。お荷物のお届けに参りました」

仕入れのため宅配便は頻繁に使うが、初めて聞く宅配会社の名だった。何を頼んだっけ、と思う。アイドルのグッズか？　それともアニメの限定品か？

「えーと。俺、何か頼んだっけ。品名、何になってる？」

「いえいえ。わたくしども天国宅配便は、ご依頼人の遺品を、しかるべき方のところへお渡しするという仕事をしております」

遺品と聞いて、勘当された両親のことを思い出す。父親には持病があったので、もしや、この荷物は親父からか、と思ったが、このマンションの住所は誰にも知られていない上に、親父には「お前なんぞ、生まれたときから間違いだった」とまで言われて家を出てきたのだから、こんなふうに荷物を送ってくるのはありえないことだった。ネットなどにも疎そうな両親だ、あんな田舎から今の住所を辿れるはずがない。まあ、「生まれたときから間違いだった」などと言われても、製造責任は俺にはねえよ、と思っていたし、今でもそう思っている。

「こちら、尾崎一義《おざきかずよし》さまからのお荷物です」

「尾崎、一義？　尾崎って誰？　俺宛？　間違いない？」

親戚にも、尾崎なんていう名は心当たりがない。

「ええ。こちらに」と段ボール箱の上の伝票を見せてくる。たしかに宛先は自分の名があり、送り主のところには、尾崎一義と書いてある。

太い万年筆を握り締めて、まっすぐに正座し、書道みたいに気合いを入れて書いているのだろうと思えるようなこの文字。一瞬、そういうフォントがあるのかと見まがうばかりに綺麗に整っている。このカクカクした筆跡には見覚えがあった。たかが伝票の文字であっても、きちんとはらう、はねる、止めるを律儀に、文字同士のすこしのズレも許さず、ちょっとでもズレたら一から書き直すみたいな、ある種の頑固さを感じさせる文字だ。

やっと思い出した。あの爺さんだ。カメラ好きの。

及川の表情を見たのか、七星が「よろしければ、こちらのお荷物に関して、説明させていただきます」と言いだすので、「ちょっと待ってて」と外で待たせておいて、玄関の布団を丸めて隅に突っ込んだ。踏み台用の丸椅子と脚立を持ってきて、玄関に置く。及川は脚立に腰掛けた。

「どうぞ」と言っても、まあ玄関にしかスペースは無いのだが、七星はかなり驚いたようだった。それはそうだ。この部屋には家具もなければ、生活空間は、ほとんど転売用の商品で埋めつくされている。荷物の種類はその時々のトレンドで大きく変わる。今月は、限定品のプラモデルと新発売のゲーム機の箱がみっしりと積んである。

荷物は奥からトイレと風呂をつなぐ通路だけ避《よ》けて、それ以外は玄関のすぐ脇までうずたかく積んである。巷では品薄で有名な、話題のゲーム機の箱が、天井まで届きそうに積んであるのに目を留めたのか、七星がまじまじと見ようとするので、あわてて「商品だ触るなよ！」と言う。

七星はしゅんとなって、「すみません……」と小さくなっている。及川は仕入れた商品を高く売るため、外箱にも傷《いた》みがないように、いかに自分が気を遣っているかを、とうとうと七星に説明した。

「——というわけで、俺の所は、欲しい人間に希望のものを届けるという、小さな商社なんだから、そのつもりでいるように」と仕事の説明をして締めくくったら、七星は、「はい」と頷いた。人の欲望をいち早く嗅ぎ付けて、一気に買い占めるのが俺の商い。砂金が出る川の、ゴールドラッシュもこんな風だったのかもしれない。当時のアメリカにいたら、絶対砂金を掘っていた。砂金を掘って何が悪い。現代の砂金は物流の川の中にあんだよ、と及川は思っている。

「で、何だっけ。そうだ、荷物だ。俺の所に、荷物が来てるっていう……遺品だって？　何、尾崎さん死んだの？」

「ええ。お亡くなりになりました。趣味仲間である、及川さまに、お譲りしたいものがあるということで、伺っています」

　趣味仲間ねえ？

　尾崎一義は、及川がカモだと思っていた相手だった。

　一時、カメラ転売がアツいと聞いて、ちょっとだけ手を出したことがある。たまたま尾崎とオークションサイトでカメラを取引したあとに、及川は丁寧なお礼メールを送った。それは文例の中に適当に言葉をあてはめただけの、言ってみればテンプレートのお礼だったのだが、及川は、こういうことにかけては、まめな性格だった。お礼メールくらいで人に取り入ったりできるならお安いものだ。そんなわけで、律儀で信用がおける、人が良さそうに見えて、かつ賢げな文例だけはたくさん準備していた。そのときも、取引されたカメラがいかに憧れのカメラであったか、昔、父親が使っていたなどの嘘八百の思い出を長々と綴り、この憧れのカメラが手に入れられて本当に嬉しいです。ずっと大事に使わせていただきます、と文を締めくくった。

その尾崎からまた返信が来た。どうやら気に入られたらしい。それからは、オークションサイトを介さずに、メールアドレスで直接やりとりした。カメラはどれも状態が良く、人気もあるものだった。最初に軽く、値段の交渉こそあるものの、どれも相場から言うと破格だった。よくよく考えると、二十台以上、カメラを格安の値段で購入していたことになる。そのたびに、嘘の思い出をいろいろひねり出しては、丁寧なお礼を書いて送った。

ちなみにカメラは、荷物が来たその日のうちに、別のフリマアプリで値段を二十倍や三十倍にして売り払ったので、手元にはもう一台もない。

そういや爺さんのカメラ、最近来ねえなと思っていたところだったのだ。

及川は、七星から荷物を受け取ってみる。

荷物の段ボール箱自体は、そう大きくないが、ずっしりとしている。開けたら几帳面に、緩衝材で何重にも巻かれたものが出てきた。そうだ。いつだって尾崎は梱包をきっちりしていて、いかにそのカメラを大事にしてきたかが伝わってくるようだった。輸送中、何があっても傷など付くことのないようにと。

一枚一枚、緩衝材を剝がして行くにつれ、心拍数が上がる。

真っ黒で、重みがあり、堅いもの。

それは予想通り、一台のカメラだった。

しかも——カメラと言えば誰でも知っているであろう、かの名機、ライカだ。

「ちょっと待って！　これもう俺のものなの？　俺の？　所有権は俺のもの？　後から返せとか言われない？　絶対？」

ライカを抱えながら声がうわずる。

「ええ、これは及川さま宛の贈り物で——」

「マジで！　もうこれ俺のなの？　ちょっと待って」と何か言いたそうな七星を制止して、そのライカを売ったらいくらくらいになるものなのか、大手カメラショップでの買い取り価格を、スマートフォンで急ぎ調べ始めた。調べ終わったら今度はレンズだ。

手が震える。

これ、ライカはライカでも、ただのライカじゃない。レアもので、めちゃくちゃ高いやつだ……。

とりあえず、ボディは百万以上で販売されている。レンズも入れると二百万近い。いや、もっとか？

俺にも運が向いてきた。

知らないうちに笑っていたらしい。怪訝な顔でこちらを見ている七星に「いや、これね。ちょっと調べることがあって」と、ごまかす。「で、何だっけ」

「お荷物は、カメラの他に手紙もあります。あと、他にも一点」

七星の顔を見ていて、ふと気になった。「ところで天国宅配便って、こういう遺品ばっかり届けている宅配便なの？　他の宅配はなし？」

七星は、「はい、そうです」と言う。

「でもさ、そんなんで採算取れてるの。宣伝出してるの？　どこに？」と質問攻めにすると、七星は困ったような顔をしながら、曖昧に受け流す。

「その仕事、面白いの？」言外に、そんな仕事より、転売の方がよっぽど儲かるけどな、という含みを持たせる。

七星は、静かな笑みを浮かべてこちらを見た。

「ええ。わたしの大事な仕事です。お客様の最後の荷物を運ぶことで、その方の、人生最後のお供ができるような気がします」

ふうん。及川は思う。人生最後のお供ねえ？

七星が帰ってから、このカメラは、どこで買い取ってもらったら一番買取額が高いか、もしくはオークションサイトでは、どのくらい落札価格が上がるかをさんざん調査して、ある程度の目星を付ける。そうだ、手紙の他に、何かもう一点あったことを思い出した。

一応読んどくかと、先に手紙を取りあげる。

やはり、爺さんの字はきっちりしていたが、それでもどこか弱々しいような気がするのは、遺品に同封されていた手紙だと知ったからだろうか。

――及川様　突然の荷物に驚いたことでしょう。このカメラを及川さんにお渡ししたくて、天国宅配便なる宅配業者に頼むことにしました。及川さんと私とは、カメラの趣味も好みも、とても似ています。やりとりができて、とても楽しかった。同好の士がいるというのは、とても嬉しいことです。

けっ、と及川は思う。嬉しいには違いない。こっちは爺さんのおかげで、ずいぶん懐が潤ったからな。

——あなたのもとに行ったカメラたちが、この空の下、どんな風景を撮っているかと思うと、病床でも愉快な気持ちになります。

あいにく、もうカメラは全部売っぱらっちまった。いいものが多かったから、今ごろ値段をつり上げられながら、転売屋の間をぐるぐる回っているだろうよ。

——どれも思い入れのあるカメラばかりでした。最初の一台は、息子の剛史《たけし》が生まれたときに買ったものです。剛史は身体が弱く——

そこまで読んで、ふと及川は思う。息子はどうなった？　カメラの値段も値段だ、息子がいるなら、こういうカメラはまず息子に譲るものじゃないのか？　と思ったのだ。

その後も、妻が事故で亡くなったことが書かれていたり、息子の思い出がいろいろと綴られていたりしたが、気になるのは、なんでひとり息子にこの高価なカメラを譲らなかったのか、ということだ。

——及川さんは、ここまでお読みになって、どうして実の息子にカメラを譲らないのかと不思議に思っていることでしょう。お恥ずかしながら、息子とは連絡が取れなくなって、もう十年が経とうとしております。ほうぼう捜しましたが、行方もわからず……。

私のカメラは、もし息子が連絡をくれたなら、そのときに譲ろうと思って、全部、手入れをしていたものです。及川さんとやりとりするようになってから、なんだか及川さんが、自分の息子のように思えてなりませんでした。もし息子ならば、カメラの話をいろいろしたかった。思い出を話し合いたかった。これはお父さんがみんなあげるから、いろいろ撮ってごらんと言いたかった。

息子のやりたいことに厳しく反対し、否定し続けたのは、今では間違いだったと思います。お前がどんな道を選ぼうとも、父さんは父さんだと、ひと言でも伝えられたらよかった。けれど、時間は戻らないものですね。

最後まで、手元に残していたのがこのライカです。息子は帰ってきませんでした。もうそろそろ、私の時間も尽きてきたようです。

死後に、どこの誰かもわからない人間の手に渡るくらいなら、及川さんならば、このカメラを愛して、使い続けてくれるだろうと思ったのです。

あと、どうしても自分の手で処分しきれなかったアルバムがあります。知らない人間のアルバムなど、手元にあっても仕方ないでしょうから、これはレンズやカメラの作例としてご覧になって、ご自由に処分してくださって結構です。

　勝手に色々と送りつけましてすみません。及川様が、このカメラを末永く愛用してくださいますように。


見れば、表紙の擦れた、古ぼけたアルバムが箱の底に入っていた。

　一ページ目をめくる。この赤ん坊が、どうやら生まれたばかりの剛史のようだ。おくるみに包まれて、こちらを眺めている。写真の脇には小さなメモがあって、年月日の他に、カメラとレンズ、使用フィルムなどの情報がこまかく書き込まれていた。よっぽど爺さんはカメラが好きだったんだな、と思う。

　その隣に、さっき手紙の中で出てきた、亡き母親らしき女の人が、赤ん坊の剛史を抱いて笑っている。手紙によると、剛史が三歳のときに亡くなったそうだから、それからはずっと父親と息子とで暮らしていたらしい。剛史の写真がたくさんあった。

　母親がいなくても、さびしい思いをさせないようにか、遊園地に連れて行ったり、動物園に連れて行ったり、いろいろなところへ剛史と出かけたようだった。側におばあさんがいつもいるのは、たぶん尾崎の母親で、剛史から見るとおばあちゃんだろうか。

その丸っこい幼児の姿が、だんだん縦に伸びていく。子供の成長は早いなと思う。小学校入学、体育祭、文化発表会の劇、親子遠足、いろんな思い出がそこにあった。しばらくしておばあちゃんの写真が消え、あとは剛史の写真ばかりになった。

高学年に入ったら剣道をやりはじめたらしく、剣道の試合の写真などもある。中学に入ったら、ギターも始めたらしい。元から可愛らしい顔立ちだったが、中学以降は塩味が足されたような、目元の涼しい感じになっていて、ふうん、なかなかの美形じゃないか、と及川は思う。

最後の写真は、部屋でギターを弾いている剛史の写真だった。高校生くらいだろうか。愁いを帯びた目が大人っぽく、このままポスターにしてもいいくらい、雰囲気があった。

アルバムは、それでおしまいだった。

そうか。爺さん、病床で、最後の最後までこのカメラとアルバムを……と、ほんの一瞬だけ及川はしんみりしたが、同時に、ビジネスチャンス到来！　とも思ったのだった。

計画はこうだ。まずこのレアなカメラとほとんど同型のものを準備する。これで俺の手元には、爺さんの遺品の高価なカメラと、よく似たカメラの二台があることになる。よほどの目利きでないと、どちらが高価なのかはわからない。家出するくらいの息子だ、父親のカメラになんて関心があるはずがない。剛史に渡すのは、もちろん爺さんの遺品とは別の、よく似たカメラの方だ。

そして、剛史には、本物とすり替えたカメラを渡すときに、〝実は尾崎さんに金を貸していて、まだ残額をもらっていない、だからこのカメラを代わりにくれたんだと思う〟と、控えめに告げる。剛史には、父親の借金の残額を払ってもらって、捜索にかかった経費も一緒に請求しよう。これでいくらか巻き上げられるだろう。でも、これで終わりじゃない。

この剛史捜しは動画で配信する。「遺品のカメラと旅をする　―Lost Takeshi―」――そのカメラは、突然やってきた、五月の風と共に。監督俺・主演俺・脚本俺で、今からもうバズりの予感がする。全米も泣く。何万再生とかいったら、いきなり収入もえげつないことになるだろう。

すべて終わった後、カメラの相場が上がりきったところで、満を持して、爺さんの遺品のカメラを売り飛ばせばいい。この話、三重にも四重にも金儲けの匂いがする。

俺天才！　と思い、及川は転売を少し休んで、剛史捜しをすることにした。

アルバムの写真をよく観察して、剛史の手がかりとなりそうな情報を知っている人を捜す。虫眼鏡を買ってきて、写真の隅々まで拡大して調べた。電柱の表示、車のナンバー、会社の看板、だいぶ地域は絞れてきた。

よく見れば、剣道は中学の部活でもやっていたようだが、同時に、町の剣道教室でも習っていたようだ。大会のときの写真で、所属している剣道教室の名前がわかった。この剣道教室で、剛史と今も仲の良い人間がいないかどうか、まず最初に探ってみることにした。剣道教室の名前をネットで検索してみると、まだその教室は存在するようだった。電話番号もわかった。電話では怪しまれるだろうから、証拠にアルバムとカメラを携えて、直接出かけていくことにした。

及川は荷物の間をごそごそ進んで、普段着のスウェットから、ちょっと小綺麗なチノパンにポロシャツを合わせた。髪を綺麗にとかす。普段は転売用の商品の仕入れに行くくらいでほとんど家にいるが、外に出ると知らないうちに季節が変わっていて、桜なんてもう影も形もない。他の人間はもう季節になじんでおり、道端に立ち止まり、空なんて眩しそうに眺めているのは自分だけだった。

そうか、部屋でオークションサイトやフリマサイトを一日中眺めているうちに、いつの間にか一か月も経っていたんだな、と思うと、なんだか時の流れが速すぎるように思えた。

隣の県の端のほうまで、普通電車を乗り継いで四時間。ここが剛史の住んでいた町か、と思う。駅前にはファーストフード、パチンコ屋、定食屋、コンビニ。こじゃれたカフェとか雑貨屋とかそういうのとは無縁な感じの、古くはないが個性もない、低予算アニメの背景みたいな町だ。この何もなさが、なんだか自分の住んでいた町と雰囲気がよく似ている。

剣道教室の所在地は今も変わっていないようだった。アルバムを出して確かめるが、外観も似ている。

とりあえず、動画を配信するために、剣道教室の外観を撮る。――ハイッ、〝探しびと・オイッチの、剛史を探せ！〟やってきましたはるばる四時間、今日はまず、剛史さんの通っていたとされる、剣道教室から――などと吹き込もうかと思っていたが、まあ、この捜索がどうなるかはわからないので、ナレーションは後で入れたらいいかと思い直した。カメラを小型のペン型のものに替えて、胸ポケットに仕込んだ。潜入ドキュメンタリーみたいだなと思う。とりあえず全部録って、あとで関係者の了解を取って、モザイクをかけるなり音声を変えたりすればいい。

剣道教室は、教室が開くまではまだ時間があるようで、何の物音も聞こえない。でも中に人の気配があるようなので、声を掛けてみる。

「すみません」

及川が言うと、「はい」と笑みを浮かべながら、男が出てきた。一見枯れて、もう老人と言っていいような年なのに、妙に迫力がある。ふざけたらただじゃすまなそうな雰囲気は、昔、捕まったときの警察官たちを思わせる。

　年がら年中ふざけて生きてきた自分にしてみれば、ひと言で片付けると、苦手なタイプだ。動画配信のために、今、この胸のカメラで録画してるんですが、いいですかと訊くやいなや、この眼光がもっと鋭くなることを思うと、撮影のことは黙っておこうと決めた。

「すみません、こちら桜里《さくらざと》剣道教室ですか」

「ええ、そうですが……」

　及川は自分の中で、一番知的に見えるような表情を作った。

　この強そうな老人は、やはり教室の長の桜里であるようだった。もう三十年ほどこちらの教室で教えているとのこと。それなら剛史のことも知っているかもしれない。

「実はですね、こういうわけで」と、事情をかいつまんで説明する。尾崎氏とカメラの趣味友達だった自分が、尾崎氏が亡くなった後で、思いがけず高価なカメラをもらってしまった。しかし、これはやはり息子さんにお渡しした方がいいのではないかと思い始めた。居場所を訊こうと思っても、もう尾崎氏は亡くなってしまった後で、今の剛史さんの住所を知る人には会えなかった。そんなわけで、自分は、この遺品のカメラを渡すべく、息子さんである剛史さんの行方を捜している——と、カメラを見せながら真面目な表情で話すと、桜里はその話をあっさり信じたようで、「そうでしたか、こちらまではるばる訪ねてくださいまして、ありがとうございます。お亡くなりになった尾崎さんも、お喜びになるでしょう」と、カメラを見て頷いた。

アルバムを渡して、「こちら、尾崎さんからお預かりしているアルバムです。この子が尾崎剛史君ですが、覚えていらっしゃいますか」と写真を示す。

「尾崎剛史君……覚えています」

さすが先生、年数は経ったが、昔教えた子供のことは覚えているらしい。しばらく何かを思い出そうとするように黙る。

「剣道は上手だったんですか」と訊いてみた。

「ひと言で言いますと、剛史君というよりも、お父さんの方が熱心だったんです。お父さんに連れられて当教室に習いに来たんですね。やはり、そのあたりは、自分でやりたいと言って来た子と、そうでない子には開きが出ます。お母さんがお亡くなりになったことも最初に話されましてね。優しそうなおばあちゃんが、いつもは送迎していました。お父さんは、剛史君に、いつでも強い子であって欲しかったんだと思います。

ただ、ときどき……熱心すぎて、試合で負けたら、周囲も驚くくらいのとても厳しい口調で叱責したりと、熱心すぎるが故の、過剰さみたいなものは感じていました。まあ、それも愛あってのことですから、よくあることです。泣いているのを、おばあちゃんになだめられながら帰っていった様子をよく覚えています」

「そうだったんですか……」

なんとなく字を見た限りでも、指導に熱心そうな雰囲気はあった。そういう、痛かったり厳しかったりするのはまっぴらごめんの及川は、少しだけ剛史に同情した。やりたくもないことをやらされて、その上叱られるのだから、たまったもんじゃない。

「当時の住所はこちらに残っていますが、そこにはもう、剛史君はいないということでしょうね」

「ええまあ。剛史さんは、十年前に家を出て、お父さんとは別に暮らしているらしいんです」

先生はしばらく考えていて、「ちょっとお待ちください。せっかく遠くからいらしたんですから……」と、どこかに電話をかけてくれた。どうやらずっと剣道を習っていて、今も教室に通っているという、当時の剛史と仲が良かった友達に話をしてくれているらしい。途中から電話を替わった。

ここから数駅離れた駅で待ち合わせ場所と時間を決めて、そこで落ち合う約束をした。

先生は、「お父さんのためにも、剛史君のためにも、見つかると良いですね」と言ってくれた。

ここは駅前。この駅は連絡駅らしく、さっきの剣道教室のあった駅よりは規模が大きく、行きかう人の数も多い。夕方に近づきつつある時間帯のコーヒーショップは、一休みする客で混んでいた。

店の中で、だいたいの年齢に見当を付ける。アルバムの日付からして、剛史は自分よりは五、六歳ほど若いはずなので、そのあたりの年齢で、男性で……とコーヒーショップの中を見渡していたら、ひとりの男と目が合った。きちんとプレスの利いたスラックスに、皺のないワイシャツ、髪を短く刈り込んでいるところを見ると、堅い仕事なのかもしれなかった。

胸元に手をやって、ペン型カメラのスイッチを入れる。

「あ、及川さんですか」

「そうです」

男は天野《あまの》と名乗った。先生から詳しい経緯は聞いているようで助かった。年は三十で剛史と同級生、ふたりは家も近く、毎日一緒に小学校、中学校と通ったらしい。

「剛史とは仲が良かったです。でもすみません、あいつとは中学からだんだんノリが合わなくなってしまって、今の居所自体は知らないんです」と、最初に言うので内心がっかりする。

「ノリが合わなくなったっていうのは？」

「剛史、ギター始めたんですよ。あいつ結構、真面目にやってて、なかなか上手かったですね。剣道部も通っていたんですけど、部活をサボってずっとギターを弾くようになっちゃって。まあ、剣道やらなきゃ絶対ダメっていうわけでもないし、部活もそこまで厳しくなかったから、顧問の先生も、特に声を掛けたりはしていなくて。ただ、親はカンカンでしたね。剛史のお父さん、ものすごく厳しいんですよ。剣道も強いし。たしか段も持ってましたね。試合前は朝練とか言って、無理に練習させたりね。でも友人の僕が見ても、剛史は、剣道に関してはまったく向いてませんでした。誰かと争うとか、まるで興味が無かったんです」

及川は相づちを打つ。

「で、あいつが突然注目を浴び始めたのが、中二のときの文化祭のバンドですよ。普段は無口なんですけど、あいつ、そりゃもう、めちゃくちゃかっこよかったんです。そりゃ剣道よりギターだよな、って思いました」

わかる。それで道を踏み外すんだよな、と及川は思った。自分の場合は、中学での文化祭の漫談とコントだった。あれは大ウケだった。どっ！　と体育館中が沸いたのだ。何か言うたびにドッカンドッカン笑いがはじけて、校長先生だって、腹を抱えてヒイヒイ笑い転げていた。将来はお笑いを目指すんだと、当時の友人とふたりでコンビ名まで考えていた。「ねえオイッチ、来年の文化祭も楽しみにしてるからね」とみんなから言われ、「おうよ任せとけ」と勉強そっちのけで、ネタ合わせにいそしんでいた。俺らには笑いの神がついている。きっと将来、日本を代表するような芸人になるんだとばかり思っていた。

　あの頃は楽しかった。

　……どうしてこうなったんだろう。

「それで、剛史は、それまではわりに大人しいし、あまりしゃべらなくて目立つことのない男でしたけど、バンド大成功したら、一気に学校の人気者ですよ。まずね、女子が放っておかない。根暗なタイプからクールな男へ、学年一モテる男への進化ですね。僕はずっと仲良かったから、剛史、よかったな、っていう気持ちと、ずいぶん差を付けられてしまったなという焦りと、かみ合わない会話で、だんだん疎遠になってしまったんです。でも、今も剛史のことは嫌いじゃないです。親父さんのカメラ、渡せたらいいなって思います」

　剛史が学年一モテたのも、及川と同じだった。アイドルみたいに綺麗な子も、隣の学校の子も及川の帰りを待ち伏せするくらいだった。剛史も自分も、人生、中学がピークだったのかもな、と思うと、気持ちのどこかがひりついて痛んだ。

「当時の写真です」と、天野が昔の剛史の写真を見せてくれたが、父親の撮った写真とは全然違っていた。前髪が長めで、その前髪の奥には儚げな目があり、けだるげに斜めの方向を見ている。顎は男性的で、目は切れ長の一重。腕にしなやかな筋肉がついており、細い脚を革パンツに包んでいる。靴はロッキンだ。生意気にも色気のある中二で驚いた。これはさぞかしモテただろうなと思う。

「僕、今の剛史の住所は知らないんですけど、中学当時の剛史の彼女とは同級生で、SNSで繋がってるんで、ちょっと訊いてみますね」

スマホを出して、長々と経緯を打ち込んだらしい。よし、と送信ボタンを押す。

しばらくすると、その元交際相手から電話がかかってきた。電話でよければ、少しなら時間が取れるという。

電話の声は、肝っ玉かあちゃんという感じだった。後ろの方で、子供がキャアキャアはしゃいでいる。アニメの音楽も聞こえる。

とりあえず、席で通話は何なので、及川は天野に断って店の外まで出た。

「あ、お電話替わりました。及川です。この度はありがとうございます」

「天野君から聞きました。剛史君、本当に懐かしいです……」

懐かしいということは、今は連絡をとっていないのだろう。電話口の女は、大江《おおえ》と名乗った。

「付き合っているっていっても、中学の頃だから、大人の恋愛とは違って、手も繋がないで、並んで帰るくらいの、本当に淡いものです。彼とは高校に入っても、ちょっとだけ続いてたんですけど、剛史君、本格的にバンド活動をやり出して、ライブハウスにもよく出入りするようになって。夜型になったからか、高校も休みがちになったのもあって、話が合わなくなってしまったんですよね」

「そうなんですか。音楽の方へ進んだんですかね」

「でも、お父さんが反対してて。剛史君は、それにすごく反発していたのは覚えています。お父さんには俺の気持ちは何もわからないって」

そうだった。自分だってお笑いの道に進みたくて、高校卒業後に養成所に入ったが、最後まで強硬に反対したのが父だった。何度だって言われた。〝いいか。お前がお笑いでウケたのは田舎の中学校の文化祭だったからだ――〟

「〝お前のギターの人気があるのはここが田舎だからだ――〟ってお父さんに散々言われたらしくて。なら東京で自分の実力を試してやるって、剛史君も、もっとギターにのめり込むようになったらしいです。東京でよく演奏してたライブハウスの名前と、バンド名、ちょっと記憶が曖昧なので、すぐ調べて送りますね」と言ってくれた。電話番号を教える。

なんだよ剛史。俺と似てるじゃないか。

そう思うと、ちょっとだけ、この剛史という男に親近感が生まれてきた。

夕方、ビルの窓が鏡みたいに夕焼けを映して綺麗だった。剛史もこんな町並みを見ながら、俺の将来はこんなもんじゃ終わらないと思っていたんだろうなと思うと、柄にもなく感傷的になる。

中学のときに体育館中の人たちを大笑いさせた経験は、思い出したくないようなことばかりの自分の中でも、一番大切な記憶だった。きっと剛史の中でも、中学での文化祭のライブは、同じように大切な記憶となっているだろう。

でも、もし。

あのときまったくウケないでスベり倒して、体育館中の雰囲気がどうにもならないくらい冷え切っていたら、きっと今の人生は、こうじゃなかったかもしれないと思うのだ。あの輝かしい一瞬を知らなければ、今ごろ、普通に会社に勤めていて子供がいて、共働きでマイホーム買って……。

いや、それだってわからない。人生で、輝いていた一瞬もないまま、やっぱりこんなはずじゃなかったと思っていたのかもしれない。

及川は同級生の誰とも連絡を取っていないが、逮捕されたときに名前が出たので、「あいつがまさか」なんて、今ごろ同窓会かなんかでは格好のネタとなっていることだろう。

天野にも礼を言って別れた。

さっき電話で話した剛史の元交際相手、大江からもショートメッセージが来る。〈ライブハウスSEVEN　CUBE〉、バンド名〈from R'lyeh〉。なんて読むんだ、アールイェーか？　と思っていたら、ちゃんと読み仮名も書いてあった。フロム・ルルイエというらしい。フロム・ルルイエのTAK《たく》と言えば通じるということだ。高円寺《こうえんじ》に、まだそのライブハウスがあるのも確認してもらった。

　たぶんライブハウスで働いてる女の人に訊いたら、わかると思います、とメッセージにある。

　とりあえず、手がかりはライブハウスしかない。電話で説明するのも怪しいし、いきなり行ったところで、その日のライブの客しかいないだろうと思い、ダメ元で問い合わせ先に、自分の身元を明かし、尾崎一義さんのこと、今までのカメラの経緯と剛史さんを探している旨を丁寧に書き込んで、証拠としてカメラとアルバムの画像も付けて、フロム・ルルイエのTAKさんのことがわかる人はいませんか、どんな情報でもこちらは助かります、とメールを出してみた。すると意外にも、すぐに電話がかかってきた。どうやら、ライブハウスの関係者の知り合いに、長く同棲していた女の人がいたらしい。明日でよければ会えるというので、とりあえず東京の高円寺にあるそのライブハウスに、指定された四時に行ってみることにした。

明るいうちのライブハウスはちょっともの悲しい。ペンキ職人が、何もかも嫌になってペンキ缶を投げまくったように、いろいろな原色がぶちまけられた壁も色あせて見える。壁の前に、年齢不詳の女が立っていた。定規で引いたような一直線の前髪、目の周りをぐるりと囲んだ濃紺のアイシャドー、激しい黄色と紫で半分ずつになった服を着ているので、年齢的にも、まさか待ち合わせの相手ではないだろうと思っていたら、「及川さんですか？」と向こうの方から声を掛けられた。服は派手で顔は若いが、手と声は四十代くらいを思わせた。お互いに自己紹介をしたあとで、ことの経緯を説明した。女は、境《さかい》と名乗った。さりげなく、ペン型のカメラを起動させる。

「あの、剛史さんの……ＴＡＫさんのお話を伺えたら」と言うと、「まあ、ここだと何なので」と境は言いつつ、近くの居酒屋に入った。境は酒飲みらしく早々に生ビールをジョッキで飲み干し、煙草もすごい勢いで吸うので、煙で燻製になりそうだと思った。

「たっくんと私、一緒に住んでたの」と境が言うので訊いてみると、どうやらこの境は会社経営をしており、金回りが良いらしく、マンションを剛史に買い与えてそこへ住まわせていたらしい。そのマンションを別宅とし、自宅から通う形で暮らしていたと聞いて、なんだかすげえな、と思う。

剛史の当時の写真も見せてもらったが、一目ではグループの中の誰か判別できなかった。

よくよく写真を見たら、がっしりした顎の線は変わっていないことがわかるが、いわゆるヴィジュアル系バンドの分類になるのだろうか。黒服に銀色のカラーコンタクト、髪の色は紫、化粧もガッツリで、こんなの見たら、頑固爺いの親父さんはめちゃくちゃ怒っただろうと想像する。

「たっくんはね、誰にも執着しないの。ガツガツした男ばっかりいる中で、たっくんは本当に異質な存在だったのね。誰にも執着しないというのは、言い換えれば、誰のことも、そう好きじゃなかったってこと。〝別れよう〟って言えばすぐに〝いいよ〟って言うだろうし、そういうのわかってるからね、別れようとは言えないわけよ。でもね、だんだん一緒にいるのが辛くなる」

「そうなんですか」

「ふらっと他の女に誘われるままにタイに旅行したりね。すごくモテたのよ、たっくんは」

懐かしそうに言うので意外に思った。普通、自分の男が他の女と旅行したら、修羅場になるだろう。

「そうですか……それはお辛いですね」としか言いようがない。

「いや、辛いのは辛いけど、正直、そんなには辛くなかったかなあ。たっくんが誰にも興味が無いのは、この私が一番わかっていたし、何というか、たっくんは天から地上に堕とされて、仕方なくヒトと交じらなければならなかった、漆黒の翼の天使みたいだったから……」などと言い出して、天使を目で追うみたいに、ぼうっとした目つきで上の方なんて眺めている。なるほど、付き合ってたとは言えても、剛史を完全に自分のものにしたというわけでもなさそうだ。しかし、生活の面倒を見て、ぽんとマンションを買い与えたとしても、人の心はつなぎ止めることができないものなのかと思う。

　会話が途切れたので、アルバムを出してみた。「これ、剛史さんの子供の頃のアルバムです、見ますか」

　及川がアルバムを開こうとするのを遮って、境は「やめておくわ」と笑う。

「たっくんにお父さんがいたっていうこと自体、えっ、お父さんいたんだ！　ってちょっとビックリした。お父さん、いたんだね……何かこう、たっくんは光の中から突然、出現した気がするの、今も」なんて言いだすから、もうこうなったら教祖と信者のようだ。

「今のV系……ヴィジュアル系バンドね、今の子たちはファンサービスもすごいし、お金を出せば一緒にチェキを撮ってくれたりするバンドもいて、どこか日常と地続きなのね。でも当時のフロム・ルルイエは違ってて、闇が支配する異世界から、地上に降り立った四人っていう世界観を前面にうち出したバンドだった。打ち上げとか行ったら、他メンバーなんかは生身の人間としての地の部分が出るんだけど、たっくんは違う。完璧だった。なんて言うかな、本当に生身の人間らしくないというか。私はその天使に仕えることが許された、唯一の人間だったと今でも自負してる」

天使なんて、そんなことないぞ、このアルバムを見ろ、剣道で負けて父ちゃんに叱られて泣いてたんだからな、と言ってやりたかったが、人様の夢を壊さないよう、黙っておく。

「それでは、剛史さんが音楽活動をしていたのはいつからいつまでか、わかりますか」

ええと……と境は記憶を辿りながら教えてくれた。その情報を基に計算してみると、高校を卒業してからすぐに実家を飛び出して上京、アルバイトもしながらライブハウスで活動をはじめて、十八歳から、二十八歳まではバンドで活動していたようだ。十年か……。

「バンドは解散ですか」

「そうなの。人気はあったけどね。やめる二年前くらいから、メンバーもガタガタになってた」

「それは音楽性の違いとかで？」

「なんにでも引き際ってあると思うの。旅には終わりが来るものよ、誰でも。たっくんが組んでいたメンバーが、ちょっと年齢が上だったこともあってね。たっくん自体は、一生涯、音楽で暮らしていくことを望んでいたみたい。そうはいってもね、なかなか難しいでしょう、この世界。実力だけなら、たっくんは飛び抜けていた。でも、それでうまくいくかどうかは、誰にもわからないのが、怖いところなのよね……」
そうなのだ。うまくいくかどうかはわからない。及川もその気持ちは痛いほどわかった。
バンドに限らず、まあ芸人もそうなのだけれど、売れる・売れないの差というのは何なんだろう、と思う。そつなくまとまっているけどなぜか売れない、実力はあるのになぜか人気が跳ねない。かと思えば、自分よりどう見ても実力のない、勢いだけの奴がどんどん売れていったりする。

今思えば、学校の勉強なんていうのは、努力すればある程度は成績を上げることができる。努力したら、逆にがくんと成績が下がったということは、まずない。でも、こういった才能がものをいう世界では、努力したら結果が必ず出るとは限らない。努力すればするほど成功するなら、とうの昔に俺はお笑いで天下を取っていたと及川は思う。

神さまは残酷だ。最初から与える気がないなら、どうして中学の文化祭のあの日に、あれだけ体育館を沸かせたのだろう。

きっと剛史も同じように十年を過ごし、そこで力尽きていったのだろう。

真のスターは、そんな隅っこで弾ける花火たちを背景にして、夜空にドカンと大きく花開くのだ。あの花火綺麗だったねと言うとき、人は隅っこで弾けた花火のことなんか誰も覚えていない。

なんにでも辞めどきというものはある。剛史はそれが十年でやってきた。

なあ剛史、あんたの十年はどうだった、と訊いてみたかった。

「でもね。たっくんは、だんだん病んでいくように見えた。ささいなことで怒ったり、朝起きられなくなったり、ふさぎこんだり。あと、今から話すことは、誰にも言わないでもらえると、ありがたいんだけど――」と、境はこちらをじっと見つめる。

「秘密は守ります」と言った。

境は声を潜める。

「バンド活動をやめるあたりから、たっくんはだんだん様子がおかしくなったの。家から出て行くときにね、たっくんがゴミ収集所に小さなゴミ袋を捨てているのを、たまたまマンションの窓から見てたのね。何か変だなと思った。たっくんはゴミ出しなんて一切やらないから。なんとなくね、あのゴミは私に見られたくないものなんだなってわかった。でも気になるじゃない、何捨てたんだろって」

「ええまあ」

「だから行って、中身を開けたの。そしたらね。……中は飲んだ後の錠剤シートのゴミだらけでね」

隠さなくてはいけない薬だとしたら、それが何かは大体想像がつく。

「それ、どうしたんですか」

「あわててそのまま捨てた。私も開ける前から嫌な予感がしてたから、外側の袋だけしか触らなかった。最悪、何かあったとしても、中のパッケージには私の指紋が残らないように」

「何か剛史さんに言いましたか、そのことについて」

「いいえ。言う前に、たっくんはふらりといなくなったから。そのいなくなりかたも、なんだか今までの日常が夢だったように思えるくらい、スッ……と消えたの。元からそんなに荷物もなかったから、日常からたっくんの要素だけが、透明になった感じ」

「そうですか……それなら、今の行き先はわからないでしょうね」

「元メンバーなら、何か手がかりを知っているかもしれないから、話を通しておいてあげる」と言い、どこかに電話をかけ始めた。

　境が事情を話す声を聞きながら、内心、こりゃ、なんだか雲行きが怪しくなってきたぞ……と及川は思っていた。

　もしかして尾崎の爺さん、息子がこうなってるとは知らないまま死んでいった方が、まだ幸せだったのかもしれないな、と。

　境が「連絡付きましたよ」と言って、電話を替わってもらう。その男は千原《ちはら》と名乗った。境の情報によると、フロム・ルルイエのベースをやっていた男らしい。電話で落ち合う場所を決めた。「そんなには遅くなれないんですが、いいですか」と尋ねられる。「ええもちろん」と言って電話を切った。

居酒屋からの帰り際「もしたっくんの行方がわかったとしても、私には知らせないでいいから」と境が言うので、意外に思った。マンションも買ってやり、何年も生活を援助していた上で、何も言わずに消えた相手なのだ。恨みごとのひとつやふたつ、あるだろうに。

「だって、たっくんが誰かと結婚して、子供がふたりいて、土曜日に近所のショッピングモールのフードコートでラーメンとか食べて、子供の口元をウェットティッシュでふいてやっている、みたいなのは、私、見たくないし知りたくないの。たっくんが突然消えちゃって、私だってすごく悲しかったけど、たっくんはたっくんなりに筋を通したんじゃないかって、今では思える」

境に礼を言って別れた。居酒屋の客引きを避けながら駅まで歩く。歩きながらも、及川は、境のさっきの言葉を思い出していた。

――なんにでも引き際ってあると思うの。旅には終わりが来るものよ、誰でも――

〝旅には終わりが来るものよ〟か……。及川は思う。あれは、及川が二十九のときのことだった。まだやれる、三十代でも四十代でもデビューした奴はいくらでもいるんだからと、中学からの相方であるコッピーを引き留めたが、「俺、子供できてさ……もうトモコのお腹ん中で、四か月なんだ。ごめん」という言葉で、あっさりコンビは解散となった。

　コッピーなんて、一緒に銭湯に行ったとき、太ったおじさんの背中のすごい入れ墨を見て、「わぁー、おっちゃんゴッツイ紋々ですねえ、ピカチュウですか？」と訊き、（お前、虎だよ馬鹿！）と隣でツッコミを入れる前に、もうぶん殴られていて、湯船に頭からダイブしたというような、目と口が直結したタイプのアホだった。まあ、そのおじさんの入れ墨は、あとから太った上に色もひどく褪せていたので、実際ピカチュウそっくりだったが、それでも後先考えないのがコッピーだ。こいつと組めるのは俺しかいないと思っていたし、こいつの良さを生かせるのも俺ひとりだと思っていた。そんなコッピーに、「なあオイッチ。お前ももう、今年三十だろ、三十超えたら、もう他の仕事に就くのも、難しくなるのは、お前も重々わかってると思う。今なんだよ、俺も、お前のリミットも……」と真面目に諭されたのもキツかった。

　辞めたきゃ辞めろ、でもまだ俺はやれると、新しい奴とコンビを組もうとした。

ヨーイドンでスタートして、もう先頭チームはゴールの手前、ここから自転車……いや、ジェット機を使ったとしても、一等にはなれないのだと自分でも薄々わかってしまったら。

一度、もう俺はダメかもしれない、と思うと、あとは落ちていくだけだった。

　十一年続けた芸人を辞めた後、手の中に残っていたものは何もなかった。お前はこの業界に要らない子だよと、笑いの神さまから不合格通知を突きつけられたような気がした。

中学のあのときから、ずっと目指し続けてきた世界の扉は閉ざされて、今さら普通の人のようなルートに戻れるわけがない。今までの負けを取り戻して、芸人以外で人生大逆転を決めるには、頭も能力も根性も足りなかった。正攻法では無理だと悟った。だから、今までの負けを一気に取り戻そうとして、結局捕まるような羽目になってしまったのだ。

剛史は今、どんな暮らしをしているのだろう。

フロム・ルルイエの元ベース、千原との待ち合わせ場所に行くために、駅を探す。電車で乗り降りする人たちは、「一度も〝夢の引き際〟なんて考えたことありません。昔から人生の計画を立てていたので、あたりまえにきちんと進学して、きちんと就職活動しました」という顔をして、綺麗に列を作って電車に乗り込んでいく。それも自分が勝手に思いこんでいるだけで、この中にも高く飛ぼうと思って、途中で力尽きた人間だっているかもしれない。

及川もその列に続いて電車に乗り込むと、鏡のように、電車の窓に映る自分と目が合った。顔に落ちる影のせいか、疲れた中年男にしか見えない。梱包材ごと持ち運んでいるカメラとアルバムが、急に重みを増したような気がした。


高円寺から数駅先、待ち合わせ場所はカフェのチェーン店で、駅からすぐの、わかりやすい場所にあったのは助かった。待ち合わせで迷わないように、こちらの大体の服装は伝えてある。店の入り口近くで立っていた男が、「おっ」という顔でスマホをポケットにしまったので、これがどうやら千原らしい。さりげなく胸に手をやって、ペン型カメラのスイッチをオンにした。

待ち合わせ場所の千原を見て、内心驚いたが、顔には出さないように気を遣った。生え際が後退して、眼鏡をかけ、腹も出て顔も脂ぎっている、あのフロム・ルルイエの銀髪の1000《サウザンド》とは似ても似つかない、純度百パーセントの、太めのおっさんがいたからだ。

「千《ち》原《はら》です、はじめまして」いやー、どうもどうもと挨拶する、おじさん独特の仕草みたいなのも堂に入っている。

ふたりともアイスコーヒーを頼んだ。千原は甘党なのか、アイスコーヒーにシロップをこれでもか、と入れている。

「懐かしいですね、あのころのことは」と千原が感慨深そうな表情で言った。

「今は、音楽活動はされていないんですか」

と言うと、千原はハンカチで額の汗を拭きながら笑った。「子供の保育園のイベントで、演奏にかり出されることがありますよ」「えっ昔の曲を?」「いいえ、アンパンマンのテーマ曲とかですね」

そうか……。あの〈残響　閉ザサレタ部屋デ君ハ叫ブ〉とかとは、まさかの大転換だな、こりゃ、と思う。

どうやら千原はよきパパでいるようだった。家庭も円満、もうすぐふたり目も生まれるのだと顔をほころばせる。

千原のつき出た腹を見ながら、もう千原は誰の前でも、飾る必要はないんだな、と思った。剛史の元恋人である、境の言った気持ちが、今わかる。ファンとしてはたしかに複雑だろう。異世界から舞い降りたというフロム・ルルイエのメンバーは、やはり異世界に漆黒の羽で還っていってほしいものだから。

ひとしきり世間話をした後で、「それで、剛史さんのことなんですが」と本題を切り出してみた。

コーヒーを飲んだ、千原の表情が沈む。

「タケはね、私たちにも百パーセントさらけ出さなかった部分があるんです。表面上は打ち解けた部分もあったんですがね。ギターは玄人受けするスタイルで、上手かったです。人付き合いもあまり深くするタイプではなかった。だからタケが悩んでたとき、年長の私たちで、もっと何かできていたらと、今でも思います」

「剛史さんが、悩んでいた……？」

「どういうつもりなのか、あちこちから借金をしていたりね。あまり良くない噂も……」と口を濁す。きっと薬物の噂などだろう。

「タケは徐々に変わっていきました。穏やかなやつだったのに、怒りっぽくなってすぐにキレたりね。かと思えば汗だらだらになっていて、どうしたんだと思って身体を心配したら、触るな！　とかね。精神科に通っていたという話も聞いています。なんとかしてやりたかったんですが、タケのほうではこちらに心を開いていないので、どうしようもなくて」

「剛史さんは、境さんと暮らしていたんですよね」

「ええ。ある日、マンションから突然姿を消してしまって。私たちもね、責任を感じていました。タケに、もうちょっと何かできなかったかと。周りがもっとタケのためにうまく立ち回れていたら。もしもメンバーが私たちでなかったら、なんてこともいろいろ考えました。今となっては、もうどうにもできないことですが」

千原は苦い顔つきになった。

「今、何の連絡もないことが、タケの答えなんだと思います。音楽業界の縁を、一人残らずぶった切って、どこかに消えてしまいました。消える前のタケは、とにかく金に困っていて、いろいろなところからお金をかき集めていました。境さんのマンションを離れた後、噂では、地方で日雇いの仕事なんかもやっていたそうです。あのタケが、力仕事なんて、今でも信じていませんが……。

　私もね、少しは貸していましたが、返済は気にしていませんでした。それがタケのためになるのなら、そのくらいは……と思っていたら、今から一年くらい前ですかね、貸した分のお金が送られてきました。他のメンバーにもお金は返したようです。名前はタケでしたが、送り主の住所は出鱈目な住所でした。タケは、浮世離れしているようでいて、律儀なところもありましたからね。まったく、タケらしいやと思います」

　もうアイスコーヒーの氷は解けて、水たまりの色のようになっている。それを眺めつつ、ふたりともしばらく黙っていた。

「タケが何をやろうとしていたのか、私にはまったくわからないんです。変な話、今現在、タケが生きているのか死んでいるのかもわからなくて。空港で似た人を見たというファンの書き込みもあって、海外に飛んだという噂もあります。タケのギターは本当に繊細で、今も思い出しますが、聴けば誰もが、心の中の大切な部分に、その音を響かせるくらいに素晴らしかったんです。あんなに実力もあったのに、ルックスだってよかったのに、芽が出なかった。メンバーも、他はともかく、タケは音楽でこの先もいけるだろうって、誰もが思っていました」

　フロム・ルルイエは解散して、一人は行方不明、一人は保育園のイベントでアンパンマンのテーマソングか……そう思うと、人生とはわからぬものよ、と思う。

人の幸せとは何だろう。剛史は元メンバーだった今の千原を見たら、どんな顔をするのだろう。祝福の笑みだろうか、侮蔑の舌打ちだろうか。もしかして剛史は、幸せそうな千原の姿を、どこかで目にしてしまったから、お金だけを郵送で返してきた——と思うのは考えすぎだろうか。もし捕まったとしても、千原や元メンバーたちが、この先、何かの疑いをかけられることのないよう、あえて交流を断ち切ったのだとしたら。

「でもね、一人、遠い知り合いにも、タケにお金を貸した奴がいるんです。そいつが、住所もわからねえやつに金なんて貸せねえよ、って渋ったら、タケがどこかの住所を出してきたらしくて。どうやら、それが最後の足取りじゃないかと思います。その住所が、こちらなんですが。もちろん、今は引っ越して、いない可能性もあります」と、画像を見せてくれた。

「わかりました。ちょっと調べてみます」

その住所をメモさせてもらった。部屋の号室が書いてあるところを見ると、集合住宅なのかもしれない。今日は夜なので明日、訪ねてみようと思う。

ようやく、注文していた爺さんの遺品とそっくりのカメラが家に届いた。並べてみると瓜二つだが、値段は十倍以上違う。遺品のすり替え用として買ったカメラだが、このカメラ自体、結構な値段がした。何でも、後から塗料で黒く塗ったものらしい。この分は、あとで剛史に上乗せして請求しようと思う。万が一、剛史が形見のカメラを知っていたときのことを考えて、爺さんの遺品のカメラも一応、一緒に持っていくことにする。

　剛史が、遺品のレアなカメラのことを知っていたとしても問題ない。借金の額を多めに伝えれば済む。「尾崎さんからは、借金のカタにしてほしいと、こちらのカメラをいただいたんです……」とでも言おう。パソコンで偽の借用書を作り、それらしい日付も入れ、爺さんの書いた送り主の名前を上からなぞって、三文判も捺した。そんなもの払えない、となって交渉決裂なら、このカメラを持って帰って、どこかで売り飛ばせばいいだけの話。どう転んだって損はしない。

　人と同じ事をしていたって、何も稼げやしない。芸人としての人気が出る、出ないも、金が儲かる、儲からないも、あんなもの気まぐれな神様のダーツだ。すべては運。ようやく自分にもその運が向いてきたんだ、少しくらい人生でいい目を見たっていいだろう。自分の夢は、頑張っても一つも叶わなかったんだから——と思い込もうとしたが、ふと、何もかもが空しくなる瞬間がやってくる。こんな時はとにかく金だ。手元に金さえ来たら、きっとこの空しさも消えてなくなる、と及川は頬を、軽くぺしぺし叩いて自分に活を入れた。

　たぶん剛史は夜型の人間だろうから、午前中に訪ねていくのはよくないだろうし、かといって夜なら仕事に出ているかもしれないから、昼下がりに、都内にあるその住所に行くことにした。スマートフォンの地図アプリで調べると、古い二階建てのアパートらしい。

そこは、ライブハウスなどとは縁のなさそうな、のんびりとした下町だった。おばあさんが手押し車を押してのんびり歩いているような、昔ながらの八百屋や、総菜屋が並んでいる古い商店街があって、焼き肉屋の匂いがどこからか流れてくる、そんな町並みが残っている。

目指すアパートは、商店街から少し離れた、住宅街の中にあった。外観は古びており、ただドアが横並びになっているような、オートロックとか、立派なエントランスなどとは、ほど遠い雰囲気のアパートだった。ドアノブも今どきあまり見かけない、丸型で銀色の旧式。一階のベランダには、誰かのU首シャツと、股引の洗濯物が風にひるがえっていた。

及川は、剛史に会えたら、まあ、きっちり経費や代金は取り立てた上で、これまでの話をしてみたいと思った。ここまで剛史の足取りをずっと追いかけてきて、なんだか今までの自分を見ているようだったからだ。夢を失ったあとで、自暴自棄になり、問題を起こして、ついには誰とも関係を絶った。今は多分、ひとりぼっちだ。俺も剛史も。

俺は、あんたの気持ちがわかるんだ――とは、さすがに面と向かって剛史には言わないけれど、全てを賭けて挑戦し、それでも道を諦めざるを得なかった者同士、きっと、どこか通じ合うものがあるような気がする。お笑いの神と、音楽の神に選ばれなかったふたりだ。酒でも酌み交わしながら、愚痴を言ったり聞いたりできるかもしれない。まあ、かかった経費はおまけしないけどな。及川はそう思いながら、胸の所に差したペン型のカメラをオンにし、呼び鈴を押した。プーッという安い機械音がして。

かちゃ、と扉が開いた。

開くなり——

なんだよ。

なんだよこれ。

こんなことがあっていいわけないだろ！

及川は頭の中で叫んでいた。

「あの……何でしょう」

そこには目のぱっちりして、顎がキュッと尖り、肌つやも今生まれたばっかりみたいにきめ細かい、及川がついぞ近寄ったこともないような美女が立っていた。ノースリーブのワンピースをストンと着ているのだが、無防備な胸元に目をやらないように注意した。すげえ……。

いや。全然関係ない住人かもしれないじゃないか。

「あの。こちら、尾崎さんのお宅でしょうか」

「ええ、尾崎はうちですが……」

いやまて。親戚だったりするかもしれないじゃないか。従妹とか。姪とか。

「尾崎剛史さんは、ご在宅でしょうか」

女は、ちょっと困ったように首をかしげて、「今、ちょっと家を出ておりまして」と言う。その言い方で、〝兄は〟とか〝叔父は〟とかでないことを悟る。やはりこの女は、剛史の……。

「私は、及川と申しまして、尾崎さんのお父様、尾崎一義さんのカメラ仲間の者です。剛史さんはいつごろお帰りになりますか」

「それが、ちょっと……いつ頃帰るかは、はっきりしていなくて……」

口を濁す。その言い方に及川は不穏さを感じて、ピンときた。

「実は、剛史さんのお父様、尾崎一義さんがお亡くなりになりました。その件で参ったんです」

「そうですか……それは」と女が表情を曇らせる。込み入った話になりそうなのを察してか、「どうぞ」と部屋の中に入るよう勧められた。女の右の二の腕に、色鮮やかなアゲハチョウのタトゥーが見える。肌の色が透き通るように白いせいか、そのアゲハチョウはひらりと腕にとまったばかり、今にも羽を動かしそうに見えた。

マンションは、女の趣味か、シンプルながらも綺麗に飾りつけられていた。花まで活けてある。

しゃれた食器に可愛いインテリア。窓にはステンドグラス風の飾り……。

でも及川にはうすうすわかった。女は、〝いつ頃帰るかは、はっきりしていなくて〟と言った。違法薬物は依存性が高い。一度捕まれば、何度も捕まる奴がいるのは、及川だってよく知っている。剛史は今、実刑判決を受けて、塀の中でお勤めの最中なのだろう。いつ頃帰るかはっきりしていないのはそのせいだ。初犯なら執行猶予のところ、実刑を受けたのは、逮捕も数回目か、剛史自身が薬の売人だったせいかもしれない。売人だったから金が多少手に入って、メンバーにも金を返せたのだとしたら。

その上で、剛史の帰りをじっと待つのがこの女だというわけだ。剛史に感情移入しきってここまで来たのに、いきなり自分との格の違いを見せつけられる。及川は、捕まった時点で女はサッと影も形もなくなったにもかかわらず、剛史は美女をはべらせ、のうのうと生きてきたらしい。なんでだ。顔か？　男も顔がよかったらすべてOKなのか？　人間結局見た目か？　そんなの、あまりにも人生不公平じゃないですか！　俺は剛史を仲間だと思っていたのに、剛史の方からは「は？　一緒にしないでもらえますか」と冷たくあしらわれたような気がして、勝手に裏切られた気分になってくる。

及川はとうの昔に、自分の生き方では温かい家庭、心優しい妻、可愛い子供たち、一家団欒、そういうものは、一生手に入れられないだろうとわかっていたし、実際三十五歳を超えたら、そういった惚れたはれたの恋愛沙汰とは全く無縁となった。別に、「自分は定職についてません！」と喧伝《けんでん》して歩いているわけではないのだが、女の方でも、なんとなく身にまとう雰囲気か匂いかでわかるらしい。及川自身は、今まで好きなように生きてきた代償だと思っている。思っているのだが――納得がいかない。

俺もたいがいクズだが、剛史、お前はもっとクズ中のクズだろうがよ！

どうぞ、と出されたお茶の湯飲みさえ可愛いのも腹が立つ。

並々ならぬ音楽の才能があったくせに好き放題暮らして、薬物に溺れ、暮らしをずっと面倒見てくれていた元恋人のところに一言の礼もなく家を出て、苦楽をともにしたメンバーにも何も言わず、後ろ足で砂をかけて去り、かかわった人全員に心配をかけただけでなく、借金で方々に迷惑をかけて音信不通、ふっと消えたあげくにバインバインのすごい身体をした美女とくっつき、親の死に目にも帰らない。

剛史。お前、いくらなんでもむちゃくちゃだろうが！　及川は脳内で叫んでいた。

「剛史さんは、親御さんのことを何と言っているんでしょうか。お父さんは、生前、剛史さんをかなり捜した様子でしたが……」

女はしばらく黙っていた。

「わかりません。親の話は、あまりしないので……」

へえ、そうかい。爺さんが病の身で必死になって息子を捜し回っているときも、病室でひとり、アルバムを眺めていたときも、命がなくなろうというその瞬間も、剛史はこの美女といちゃいちゃ楽しく過ごしていたということですか。そうですか。

及川は胸元に手をやって、カメラの電源をオフにした。

俺はしゃべくりの魔術師、元芸人だ。知ってるか剛史、芸人は観客を死ぬほど大笑いさせることもできるが、客の情緒を思いっきりぶん殴ってやることもできるんだ。今お前が獄中にいようと関係ない、見てろよ剛史。すべての俺の気持ちを、この台詞に乗せてやる！

及川はすうっと息を吸い込んで集中した。中学の、文化祭のあの日の舞台袖にいたときのように。

「剛史さんが帰ったら、伝えてください。お父さんが亡くなったんです、このカメラとアルバムを残して」テーブルの上に、そっとカメラとアルバムを載せる。

「このカメラは、縁あって俺の所に来ましたけど、本来なら剛史さんの所にあるべきものです。お父さん、手紙で、〝息子のやりたいことに反対し、否定し続けたのは、間違いだった〟って言っていました。あと、〝息子がどんな道を選ぼうとも、父さんは父さんだ〟とも」

女はうつむく。及川はアルバムを手に取った。

「見てください。このアルバム。毎日見ていたんでしょう。こんなに表紙も擦れて……」

そのアルバムの表紙の傷みに手を添えるように、アルバムを開いてみた。全部のページに、剛史がいた。

及川は不意に思い出す。自分の家にもアルバムがあったことを。小さいころの俺と親父とおふくろで、どこかへ行った写真や、親戚と写った写真、潮干狩り、体育祭、いろんな写真があった。

あの文化祭で、全校生徒を沸かせたあと、舞台で誇らしげに立っている自分とコッピーの写真だってあった。

あたりまえにあったもののことは、なくしてしまうまで気づかない。

剛史。お前、何で家に帰らなかったんだよ、なんで連絡のひとつもよこさなかったんだよ。息子がどんなドクズでも関係ない。お前のお父さんには、お前に最後に伝えたいことが山ほどあったかもしれないのに、死んじまったら、何もかも、もうおしまいじゃないか。もう取り返しがつかないじゃないか。

「お父さん、病床でも、このアルバムとカメラを最後まで手放さなかったんです。この意味が、わかりますか」

「息子さんが、いつか帰ってくると、最後の最後まで信じていたからですよ」

女は黙っている。

女は身を硬くしてうつむいたままだった。

「それでも、剛史の野郎は帰ってこなかった」及川は、両の拳をにぎりしめる。「いい加減にしろよ！　剛史の馬鹿野郎！　親の心もちっとも分かっちゃいねえ地獄の親不孝者！　もうちょっとで芽が出たかもわからねえのに、早々にあきらめやがって、このへたれギター野郎！　……あっすみません、なんだかもう、俺、我慢できなくなっちゃって……」

気づくと、目頭が熱くなっていた。

なんで、俺ん家の親父やおふくろの顔なんて思い出してんだ。

何の涙だよ。

及川は、洟をすすりながら、カメラとアルバムを女に渡した。

「お父さんはね、剛史さんが何をしても、どんなになっても、お父さんはお父さんだったんですよ。最後に会える日をずっと待ってた。これはね、俺が持ってるべきじゃないんです、剛史さんのものです。

俺からのお願いです。剛史さんによく、よおく伝えてください。そんで、いつか剛史さんとの幸せな姿をこのカメラで撮ってください。お父さんに見せてやってください。このカメラはお父さんのだから！　このカメラは！　剛史さんの！　幸せを願う！　お父さんの眼だ！」

しばらくぎゅっと唇をむすんでいた女が、形を確かめるようにカメラに触れていく。そのうちに、カメラを抱えて肩を震わせ始めた。その肩を、長い髪がさらさらと滑っていく。

あーあ。ここまで来て、俺、いったい何やってんだろう……。

及川はアパートを出たとたんに我に返った。女の存在に気をとられていて、爺さんの遺品である、高価なカメラの方をあの部屋に置いてきてしまった。臨時収入のはずが、なんと一銭の儲けもない。

——お客様の最後の荷物を運ぶことで、その方の、人生最後のお供ができるような気がします——

なんであの宅配の女が言っていたことなんて、今ごろ思い出してるんだろう。爺さんの人生最後のお供は俺か、と思って力が抜ける。俺が天国宅配便をやってどうする。遺品にすり替えるためのカメラも買ったから大赤字だ。経費だって、あんな風に泣いている女の子から請求なんてできるものか。

仰いだ空には真っ白い雲。爺さん、見てるか。天国なんて元から信じちゃいないが、爺さんがどこかで見ていてほしいと及川は思った。

さっきの帰り際、女がバッグから名刺を出してきて、一枚もらった。ピンク色にアゲハの柄が刷ってある、角の丸い名刺だ。バーの名刺なんて、もらってもしょうがないんだけどな、と思ったが、あんな綺麗な女の子とお近づきになる機会もそうそうない。いい目の保養になった。どこもかしこもぷりっぷりのあの子は、アゲハちゃんというらしい。「ぜひいらしてください。お礼いたします」だってさ。お礼か……、そこまで考えて、ちょっとにやつく。

まあ、そんなに言うなら行ってやっても良いけどな、と及川は思った。


――というわけで、及川は、景気づけに安酒でさんざん酔っ払った後で、歌舞伎町のバー「モルフォナイト」にやってきたのだった。そのバーは、奥まったところにあり、知る人ぞ知る、というようなシンプルな外観だった。今どき珍しいネオン管が、サイバーパンク映画みたいに、路地にショッキングピンクの影を落としている。

ドアを開けると、うす暗い店内に、きらびやかなドレスに身を包んだ店員たちがいる。

「あのー、アゲハちゃんに名刺もらったんです」と言うと、「あ、聞いてまーす、どうぞどうぞ」と、ずいぶんと酒焼けした声で通された。カウンターまで案内してくれた店員は、背中ががっつり開いたドレスを着ていて、背筋がやけにたくましい。つけまつ毛も扇みたいにふさふさだった。この子はタテハちゃんというらしい。

　薄暗い中でこちらにやってきたアゲハは、淡く発光しているようで、まさに夜の蝶みたいに綺麗だった。及川の顔を見て、ふわっと笑顔になる。

　アゲハが棚から何か出してきた。カメラだ。夜の蝶みたいな彼女が、ドレス姿に例のカメラを提げている姿は、アンバランスで魅力的だった。

「そのカメラお高いやつじゃない？　アゲハちゃん、カメラ趣味なんてあったの？　なんだか意外ね」と、他の店員が言う。アゲハの手元をのぞき込むようにしているので、かなり背が高いことに気づく。何だ？　ハイヒールか？　と思いきや、かかとの低いサンダルだった。そのサンダルは、及川も余裕で履けそうなくらいにでかく、足の爪が全部メタリックに光っている。この子は自分から「ミズアオでーす。ちなみに蝶じゃなくて蛾でーす」などと言っている。

「ちょっと見せなさい」と、くわえ煙草でママも身を乗り出す。「あらま、それ、エルカン付きのライカＫＥ-７Ａじゃない。ほとんど擦れもないし。こんな美品、そうそう出ないわよ。これ売ったら、余裕で百万超えるかもよ。どうしたの、買ったの？　なかなか良い趣味じゃない」

ママが、ふーっと煙を吐き出す。そうなんだよ！　売ったら普通、百万以上するんだよちくしょうめ！　と、及川は内心つぶやく。それにしても、これがレアものだと一目でわかるとは、このママ、相当詳しい。

「あら、ママ詳しいー」「あたし昔はカメラマンだったのよ」「へえ、ママがカメラマンねえ」タテハたちが、目を見合わせて笑っている。「お黙り。うるさいわね、そうよ敏腕フォトグラファーだったのよ。〝ハイ、二列目のお母さま、ちょっと向きをこちらに。そうそう、アッ一列目の坊ちゃま、足は下ですよー、いいですねーでは撮りますよ、みなさん目線はこちらにー〟ってね」とママが笑う。声まで低く変えて、その言い方がめちゃくちゃ式場カメラマンの男そのもので、及川もつい笑った。

　アゲハが、指でそっと涙を押さえたように見えた。長い髪をかき上げて、ちょっと照れた様子で、「及川さん、カメラ、ありがとうございます」と言う。

　まあ、礼を言われるのも悪くない。フリマサイトの定型文の〝ありがとうございました〟じゃなくて、久しぶりに、誰かの、心からの「ありがとうございます」を聞いたな、と及川は思う。

　いいよ、そんなの。アゲハちゃん、剛史の野郎によろしくな——と言いかけて、ちょっと黙る。頭の芯まで酔いが回ってきたのか、アゲハの顔が、誰か知ってる奴に見えてくる。誰だったっけ、タレントか？　モデルか？　ＣＭで見たんだっけ？　この愁いのある目をどこかで。まじまじとアゲハの顔を見つめた。

そうだ、写真だ。写真で見たんだ。爺さんのあのアルバムの中の——

「このカメラ、父さんの形見なんです」と、アゲハ——剛史は、愛おしそうにカメラを見つめて、笑った。

その夜はみんなでさんざん飲んで騒いだ。店を出ると、すでに朝焼けが眩しい。

爺さん。天国宅配便には、天国行きの便はないだろうから教えておいてやる。あんたの息子で娘は、投薬も手術も辛いリハビリもぜんぶ乗り越えて、今の姿で幸せにやってる。さて、あんたが俺に送ってきたアルバムの最後のページ、いったい何の写真だと思う？　なんと俺の写真を貼るらしい。やめてくれよって言ったんだけど聞かねえの。

いや、でも、最後のページじゃない。これからも、アルバムにはもっといろんな写真が増える。あんたのカメラでたくさん写真を撮るんだとよ。このぶんだと、すぐにページは埋まっちまうかもしれないな。撮りたいものも、行きたいところも、いっぱいあるみたいだからさ。

駅へと向かう帰り道、時計を見ると五時だったので、もう起きてるだろうと思って、及川は電話をかけた。

「はい」と警戒をあらわにした、女の声がする。

しばらく黙っていると、電話越しに遠くからラジオが聞こえてくる。そうだ、いつもこうやって朝、ラジオを聞きながら朝ごはんを作っていた。みそ汁の鍋から湯気が立っていて、漬物を刻むざくざくという音がして、笛吹ケトルのぴいという音。出汁を取った後のにぼしは、猫のマルコにやるから、小皿にとってやってたんだっけ。

「基樹かい？」という、張り詰めた声がした。

声の様子は昔と変わらない。いつまでも心配ばかりしていて、またなんかやらかしたかと、デカい子供あつかいする声だ。

一瞬迷う。

このまま切るか、それとも……。

「うん……って、おふくろだめだろ、オレオレ詐欺の奴だったらどうすんだよ。しゃあねえなあ、こんど帰るから」

言うなり、息をのむような気配がする。そして、電話の向こうで「お父さん！　お父さん！　基樹が！」と泣きそうな声がした。

及川は鞄の口を開いて、入っていたカメラを眺めた。それは遺品のカメラとすり替えるため、もう一台買っておいたカメラだった。今となっては使い道がなく、どこかのカメラ店で売り飛ばそうと、鞄に入れていたのだ。

　これ、どうやって撮るのか、いまいちわかんねえな。

まあいいか。今なら飲みながら訊ける奴もいるし、と及川は思う。家に帰ろう。このカメラを持って。

　電話の向こうから、どたどたどたっと、慌てたような親父の足音が近づいてくる。

　こんな時、素人は口ごもっちゃって何も言えなくなるのが関の山だが、俺はかつてのしゃべくりの魔術師。自分の言うべきことは知っている。笑いも取ってオチもちゃんとつけてみせるから、まあ見てなさい。

　及川は中学の、文化祭のあの日の舞台袖にいたときのように、すうっと息を吸いこんだ。

第2話

七十八年目の手紙

病院は、いつもひんやりしている。温度だけじゃなくて、空気も静かで、動いていないように思える。この独特のにおいもそうだ。病院っていう場所にいる感じがすごくする。

この前、「凪」という漢字を何かで見て、本当に風が止まった漢字なんだなと感心したのだけれど、ひいおばあちゃんの病室は、この凪という漢字の形に似ている。カーテンがあって、ベッドがあって、ドアがあって、閉じていて……。

窓の外は、近づいてきた台風のせいか、風が吹いていて、木の葉っぱが揺れているのに、何の音もしない。

越智《おち》仁美《ひとみ》は、母に連れられて、ひいおばあちゃんのお見舞いに来ていた。夏休みの予定カレンダーに「ひいおばあちゃんのお見舞い」とあっても、もう小学五年生だから分別はついている。「行かない」と言えば、母はひとりだけで行くのだろうが、やはり「わたしも行く」と言ったときの、母のほっとした表情を見ていると、「家でだらだらゲームしていたい」とは言えなかった。母ははりきって、髪をかわいい形の編み込みにしてくれた。帰りにパフェを食べに行く約束もしている。

母は成人前に自分の母を亡くし、祖母の君枝《きみえ》と長く暮らしていたこともあって、大のおばあちゃん子だったらしく、ひいおばあちゃんが、いかにスーパーおばあちゃんだったかを、よく話してくれた。この年代の人間には珍しく、英語も上手だったそうだ。「おばあちゃんはすごかったのよ、さらっと話し出したらもう、向こうの人もびっくりしちゃってねえ」と母は自分の武勇伝のように話す。

　仁美も、ひいおばあちゃんのことが大好きだった。いい意味でおばあちゃんらしくなく、切れ味よくちゃきちゃきと物を言うところも、誰かに失礼なことを言われたら、三時間後に（あれはもしかして……？）とじわじわ効いてくるみたいな、ものすごく上手な皮肉で言い返すところも、頭の回転が速くてすごいと思っていた。

　そのひいおばあちゃんが倒れたのが数か月前のことだ。頭の中の血管の病気らしい。もう九十歳近くなので、一時は母も覚悟を決めていたようだった。

　一命はとりとめて、結果は良好だと聞かされていたものの、初めてひいおばあちゃんのお見舞いに行った仁美は、どういう表情をしたらいいのかわからなくなった。

　ひいおばあちゃんが助かって嬉しいし、よかったと心から思うのだが、もとから悪かった視力はほとんど見えなくなっており、誰かとおしゃべりしたりということもほとんどなくなっていた。病室で、あれだけ好きだった本も読まず、一日中、ゆるんだ表情で、ただぼんやりとしている。ひいおばあちゃんは、もう、昔のひいおばあちゃんじゃないんだな、ということは、仁美にもよくわかった。

九十歳近くても、新しいことが好きで、仁美に学校で何が流行《はや》っているかを聞きたがっていたひいおばあちゃんは、どこに行っちゃったんだろうと思う。きっと完全にいなくなったわけじゃなくて、このひいおばあちゃんの身体のどこかにいるのは違いないのだろう。

だから仁美は、ひいおばあちゃんの反応があまりなくても、どんどんしゃべった。どこか、体の奥に隠れちゃったひいおばあちゃんにも聞こえるようにと。

仁美はつとめて明るく、夏休みの宿題や自由研究の工作のことをしゃべり続ける。

もうすぐ話題が尽きてしまう。そうしたら、この動かない空気のこととか、もう治ることのないひいおばあちゃんのこととか、今のうちに、なるべくたくさんひ孫の顔を見せたいと思っている母の気持ちとかが、この部屋にどんどん満ちていって、息ができなくなるような気がする。大人が思うより、けっこういろいろなことがもうわかっているのだけど、仁美はそれらのことを、一度たりとも考えたことがないようにふるまっている。いっぱいしゃべれば、この部屋の空気が動き出すわけでもないのだけれど。

困ったな。何か話すこと、ないかな——

そのとき、母の電話が震えた。母はよそゆきの声で、「はい、はい。ありがとうございます。それでは一階に降りますので」と応対すると、ひいおばあちゃんに、「おばあちゃん、お荷物が来たから、取りに行ってくるね」と言った。

出がけに、「仁美もおいで。アメリカから届いた荷物なんだって」と声を掛けられる。アメリカからの荷物は何か、仁美も気になったので、ベッドで、ぼんやりと一点を見ているひいおばあちゃんに、「ひいおばあちゃん、行ってくるね！」と大きく声を掛け、早足でエレベーターに向かう母に続いた。母は、「それがね、今日の宅配便は、ちょっとめずらしい宅配便らしいの、電話口では、よくわからなかったんだけど」と、首をひねっている。

なんでアメリカから荷物が？　母の言葉を聞いて、一瞬、仁美はびっくりしたが、すぐに思い出した。

まだ、ひいおばあちゃんが元気だった頃のこと。「昔のくらしと今のくらしをくらべよう」という宿題が出たことがあった。おじいちゃん、おばあちゃんがいる子は、昔の遊びやどんな暮らしをしていたか、お話を聞いてみましょうという内容だった。

ひいおばあちゃんは昭和十年生まれで、クラスでは一番お年寄りかもしれない。話好きのひいおばあちゃんだったら、面白い話をいろいろしてくれるだろうし、きっとクラスで一番珍しい話が聞ける。前のめりに「子供のころの話を、ひいおばあちゃんからいろいろ訊いてみたい」と母に相談したら、意外にも、母は、そうねえ……と少しの間考えて、瞬《まばた》きをくりかえしたまま、黙り込んだ。

「ひいおばあちゃんはね、アメリカで生まれたんだって。でもね、あまり当時のことを話したくないらしいの。ほら、戦争とかもあったから……いろいろとね」そのときの、母の沈んだ顔色を見て、結局訊くのをやめたのだ。

エレベーターが一階につくと、病院の正面玄関のガラスの向こうに、ほっそりした後ろ姿が見えた。看護師さんなら白なのだろうが、その人は上下、灰色の制服だった。帽子もかぶっている。「たぶん、あれが宅配便の人だと思う」と母がそっと耳打ちした。

自動ドアが開くと、ぶわっと風が吹いて、前髪が全部舞い上がる。

その女の人も片手で帽子を押さえている。帽子から少し見えるショートカットの髪。その人は背の高いお姉さんで、名札には七星とある。胸のところには、可愛い羽根のマークがあった。

お姉さんが大切そうに手にしているのは、手紙だろうか。

母が、「ありがとうございます。病院から聞いております。祖母の小《こ》鈴《すず》君枝の代理で荷物を受け取ります、孫の越智美《み》恵《え》です」と挨拶をする。お姉さんは、天国宅配便の、七星律《りつ》だと名乗った。

アメリカからの宅配便だから、アメリカ人の人が来るのかな？　と思っていたけれど、お姉さんは日本人のようだった。でも、「天国」というのは何なのだろう？

「わたくしども天国宅配便は、ご依頼人の遺品を、しかるべき方のところへお渡しするという仕事をしております」とお姉さんが言う。子供だと、大人同士の話では、その場にいないことにされがちなのに、ちゃんと視線を合わせてしゃべってくれたのは、ちょっと嬉しい。

どうやら、ひいおばあちゃん宛に来たのは、手紙らしい。たぶん病院の規則で、直接、病室でひいおばあちゃんに渡すことができなかったのだろう。

「君枝さん宛に、アメリカのカリフォルニアにいらっしゃった、ヤギ・マサコさんからのお手紙です」と、お姉さんが母に手紙を渡す。母は「へえ、アメリカからも、こういった宅配があるんですね」といろいろ訊いている。どうやら、代理人を通じて、この手紙が日本に送られてきたらしい。お姉さんの話によると、この手紙の主、マサコさんは、ひいおばあちゃんと、昔からの友達だったのだという。日本人からの手紙だから、きっと日本語だ。

仁美は、「ひいおばあちゃんは、目が悪いんです。だからわたしが代わりに読んでも大丈夫ですか」と、お姉さんに訊いてみる。「ええ、もちろん」お姉さんはにっこり笑った。

仁美は本をよく読むからか、音読が得意で自信もあった。手紙に何が書いてあるのか、一番に知りたくもあった。アメリカに住んでいる、マサコさんの手紙には、何が書いてあるのか——

お姉さんが、それでは、とさわやかに挨拶をして、「何かありましたら、こちらまで連絡をいただければ、対応いたします」と名刺をくれた。

お姉さんがヘルメットを被り、バイクに乗って行ってしまうのを、母となんとなく見送る。バイクの荷台の箱にも、白い羽根のマークがあった。

手紙が風に吹かれて、パタパタ鳴る。

「ところで、〝いひん〟って何？」

母は「ええ？　今まで知らないで話してたの？」と苦笑する。「〝いひん〟は、そうねえ……。亡くなった後に残された、大事なもののことよ」と言うから驚いてしまった。手の中の手紙をまじまじと見る。じゃあ、この手紙を書いたお友達は、もう亡くなってしまったことになる。

「えっ、でもどうして、亡くなった後にひいおばあちゃんに手紙を？」

「わからない。そのくらい、とても大事な手紙なんだと思う」と母が言うので、急に緊張してきた。

アメリカから来た、大切な手紙。それも、マサコさんの、人生最後の手紙……。

「お母さん読む？」と言って手紙を差し出すと、母は、「仁美が読んでくれたら、きっとおばあちゃんも喜ぶと思う。昔、おばあちゃんが、英語の絵本を読んでくれたでしょ。〝べリーハングリーキャタピラー〟って。おばあちゃんも、ああ、仁美も大きくなったな、って思うんじゃないかな。難しい漢字があったら教えるから」と言って、また一緒に病室に向かった。ひいおばあちゃんは、さっきと同じようにぼんやりとしている。調子のいい日は、少しだけ話すこともできるのだが、最近はずっとこんな感じが続いていた。

「じゃあ。ひいおばあちゃん、お手紙、仁美が読むね！」と宣言して、封筒を開ける。中の手紙は一枚で、二つ折りにされていた。授業の音読のときのようにまっすぐ立って、その手紙を両手で持って、そっと開き、最初の文字を読もうとして――

「あれ？」

　目がおかしくなったのかと思った。向きがおかしいのかな、と思って、右に九十度傾けてみる。逆さにしてみる。今度は左に九十度傾ける。斜めにしてみる。裏返して光に透かしてみる。

「ちょっと、仁美、何やってんの？」

「読めないの」

「ひいおばあちゃんの時代って、旧字体だったっけ？　昔はね、漢字の形や書き方が少し違ったの」と言うので、母に手紙を渡した。

　母も同じように、手紙をくるくる回しだす。「えっ？　何これ」

手紙のどちらが上かも、もはや、わからない。

その手紙は、英語でもなければ、日本語でもない、不思議な線で書かれていた。退屈な授業のときに、ノートの隅に〝のののののの〟と横にずっといたずら書きを描くみたいな、それでいて、ひとつひとつは複雑なでっぱりやはね、はらいを持つ、見たこともないような文字だった。

「ひいおばあちゃん、英語の他にも、何か話せたっけ？」

「おばあちゃんは、まあ、言ってみれば語学オタクだったから、いろんな言葉を自分で勉強していたんだと思うけど、でも……こんな字、見たことない」

母によると、ひいおばあちゃんは、今までに長く英語の先生や、外国人に日本語を教える仕事をしていたそうだ。日本語教師を目指す人向けの講師もしていたので、外国語のわかる友達も、周りに多かったのではないか、と母が予想する。

ふたりして読めない手紙を前に、腕組みをして困ってしまった。

ひいおばあちゃんが、直にこの手紙を読めたらいいのだが、目が悪いので、それも無理だ。ひいおばあちゃんの手を取って、指先でなぞらせてみても、その目はうつろなままだった。

「もういいじゃない。おばあちゃんも、わからないみたいだから」と言って、母は早々に諦めようとする。母は変に諦めが早いのだ。仁美がピアノを辞めたいと言ったときもそう、塾が合わないと言ったときもそう、もうちょっとやりなさい、とか三年は続けなさいとは言わない。あっさり「そっかー」と言うので逆にこっちが驚いてしまう。ピアノとか塾とかはともかく、この手紙は、諦めちゃまずいものなのではないだろうか。

「だめだよ、だってお友達の〝いーひん〟の手紙だよ？」『遺品』アクセントが変だったのか、直される。「わからなかったら、もう誰にも手紙のこと、わからなくなっちゃうじゃない。そんなのひいおばあちゃんも、友達もかわいそうだよ。せっかくのアメリカからの手紙なのに」

「そんなこと言ったって、こんな字見たことないもの。どこの国の言葉かもわからないのに、わたしたちが読むのは無理でしょ」

仁美は「でも、これは、ひいおばあちゃんの友達の、大事なお手紙なんだから。わたしがぜったい読んでみせる」と息巻いた。

　とはいえ、母もこの謎の手紙の内容については気になったらしく、さっそく天国宅配便に連絡をとったようだ。宅配便のお姉さんの方で、送り主であるマサコの孫、日系アメリカ人の、フランク・K・ヤギという人に連絡をしてくれることになった。お互いに連絡先を交換して、母とヤギの、孫同士がメールで手紙の内容を相談し合う。母は、「全部やりとりが英語だったら大変かな……」と心配していたが、ヤギは日本に留学経験もあり、働いている会社も日本とつながりが深いため、日本語でやりとりできると知って、安心したようだった。

そのメールによると、ヤギは、祖母のマサコの最後の手紙を、日本にいる君枝に届けようと、だいぶ苦心したようだった。サンフランシスコに住んでいた当時の日系人は、地域で固まって、助け合いながら暮らしており、マサコと君枝の家もすぐ隣同士だったようだ。ひいおばあちゃんより、マサコの方が一歳年下だが、小学校も同じで、ふたりは姉妹のように育った、とても仲の良い友達だったのだという。

祖母のマサコが亡くなるほんの直前に、ヤギはこの手紙を託され、どうか日本にいる君枝に渡してほしいと頼まれたらしい。困ったヤギは、日本のサービスを探して、たまたま遺品の宅配を専門とする天国宅配便を見つけ、相談に至ったということだった。君枝が日本に帰ってからの足取りなども、戦後の混乱期ということもあって、探しあてるのは大変だったらしいが、なんとか辿り着けたのだとメールに書いてあった。

母が、問題の手紙を写真に撮り、メールに添付してヤギに送ってみたが、孫であるヤギも、この手紙の内容はまったくわからないと言う。「もしかしたらふたりの中の、暗号のようなものかもしれません」と書いてあったが、今や肝心の君枝が、そのメッセージを自分の目で見て読めないのだ。「どうやら何かの言語の、筆記体のようなものらしい」とも、ヤギのメールにはあった。

仁美は、謎の手紙を前にして考えこむ。ただの落書きにしか見えないが、どうやったらこのメッセージが読めるのだろう。学校に行って、職員室にいた先生に相談してもさっぱりわからなかった。図書館に行って、司書の人に相談してみると、いろいろな文字の形を説明した本などをたくさん紹介してくれたけれども、この文字と似たものはどこにも見つけられなかった。

この手紙、いったい、何が書いてあるのだろう？

図書館の机に、何冊も積んだ本がタワーのようだと思う。目が疲れた。仁美が大きく伸びをすると、図書館の窓から、同い年くらいの女の子たちが連れ立って遊びに行くのが見えた。知らない子たちだったけれども、なんとなく、目をそらす。

いいもん、別に。

この手紙を調べるのに、相談できたり、一緒に調べに行ってくれたりする友達がいたらいいなと思うのだが、仁美はこの前、親友の花《はな》と大喧嘩になってしまったのだ。

夏休みが始まる前日、花と待ち合わせしていたのだが、いつまでたっても花が来ない。雨も降ってきてずぶぬれになってしまうし、入れ違いになったら嫌なので、それでも我慢して待っていたが、結局会えず、家に帰った。花は一応謝ったが、「すっかり忘れてた、ごめんね」と軽い調子だった。ずぶぬれになったのも嫌だったし、その謝り方が軽かったのもなんだか腹が立って、きつく言い返したら、「さっき謝ったじゃん、その日、家でもいろいろあったんだって」「その謝り方なに？」「その謝り方なにってなによ」と、売り言葉に買い言葉、花は時間にわりにルーズで、今までにあった遅刻のことも責めまくったら、花の方も「そんなこと言うなら、仁美だってそうじゃん」と昔のことを言い返してきた。もう腹が立って腹が立って。

「いいよもう、絶交だから！」と宣言して、それ以来夏休みに入り、花とは会っていない。絶交だと言ったときは（しまった言いすぎた）と思ったけど、一度口に出してしまったら、もう引くに引けない。学校で顔を合わす機会もなくて、本当に絶交になってしまった。

でも、あんな子、いなくたって、何にも困らないし、と仁美は思う。ぱたんと音を立てて本を閉じ、タワーの一番上に載せた。

でも、こうしているだけでは何もできない。こうなったら最終手段だ！　と仁美は決心する。

外国の人に、この手紙を見せて、直接訊いてみたらいいんだ。

返却棚に本を戻すと、仁美は自転車をぐんぐんこいで、隣町の、アパートが密集しているところまで行ってみた。このあたりは外国人が多く住んでいて、独特の雰囲気がある。近くの小さな公園には、ブランコもあるし、つかまってぐるぐる回す面白い遊具もあるのだが、仁美はここであまり遊んだことがない。

今日はわりに涼しいせいか、木陰で遊んでいる子たちがいる。不思議だなと思うのは、顔も日本人とだいたい同じだし、髪も目も黒いし、着ているものや靴も、このあたりで買ったものなのだろうけれど、あきらかに日本人じゃないんだろうな、というのはなんとなくわかる。近くに行くと、言葉が聞こえてくる。日本語とはまったく違う響きに、どう声を掛けたものか緊張する。小さな子から、大きな子まで一緒にいる。今は学校が夏休みのため、たぶん上の兄弟が、下の幼い兄弟の面倒を見ているのだろう。ゲームをしている子を囲んでいる子たちもいる。順番を待っているらしい。

仁美が公園の外で見ていても、こちらに気づいた様子もなく、みんなで楽しそうに遊んでいる。蛇口から水を派手に出して、かけあっている子たちもいる。

仁美は勇気を出して、公園に入ってみた。こちらを見る子もいたが、すっと目をそらし、まるで仁美が見えていないみたいに遊んでいる。

「あのー」仁美の声が小さく、聞こえなかったようだ。

「すみません！」

今度は大きな声を出してみた。すると、急にみんな、遊びを止めて、こちらをじっと見るから焦った。変な沈黙の中、ジャンプして降りた子の、ブランコの鎖がキイキイいう音だけが聞こえている。

　もうくじけそうだ。

「なに？」と、髪を赤い髪留めで留めた、一人の女の子が訊いてきた。その子は仁美よりも背が高く、少し年上のようだった。よかった、日本語がわかるんだ。校区は違うけれど、きっと日本の小学校に通っているに違いない。このあたりの地区は日本語学級もあると聞いていた。

「あのね、ちょっとごめんね。わたしのひいおばあちゃんのところに手紙が来て――」と、手紙を見せながら話し始めると、周りに数人が集まってきた。事情を説明する間、女の子がきりのいい所で、外国語で何か説明する。すると、離れたところで遊んでいた子もだんだん寄ってくる。「それで、この手紙は、アメリカに住んでいるお友達の遺品の手紙で」「イヒン？」「あ、死んだあとの、最後の、大事な手紙、っていう意味」

　女の子は、しばらく黙って瞬きをしていたが、ひとつ頷くと、真剣な顔をして、ゆっくりと外国語で告げる。すると、人垣の子たちも、ああ……、と声を上げた。みんな真剣な顔で聞いている。一人、また一人と手紙をのぞき込んでいく。

「ちょっと待って。大人に話す」
誰かが家にいた家族を呼んでくれたのか、大人まで集まってきた。ああでもないこうでもないといった、難しい顔で、手紙を回し見ていく。ところどころ指をさしては、首をひねっている。よく観察してみると、日本語が上手い子供は、大人たちの間でも通訳や説明をしたり、他の子も言葉で補ったりしている。みんなで団結し、協力し合って暮らしているようだった。

正直に言って、仁美は、外国の人たちがいっぱいいるアパートのあたりは、言葉もわからないし、習慣も違うから、ちょっと近づきづらいなと思っていた。でも、この前のヤギのメールで知ったのだが、ひいおばあちゃんがいたころのアメリカでも、日本人たちは地域で固まって、助け合いながら暮らしていたという。言葉や習慣のまったく違う国での暮らしは、いろいろと大変なこともあるのだろう。もしかして、ひいおばあちゃんの君枝と、友達のマサコも、こうやって、助け合いながら仲良く暮らしていたのかもしれないと、お揃いの服を着た女の子たちを見ながら想像する。

結局、手紙に関しては、大人たちもわからなかったらしく、「これは、ヴィエットナムの言葉ではないです」と言ってくれた。その人は、「おばあさんが治ります。と、いいです」と言って、下に何か、さらさらと英語で言葉を書きこんでくれた。

大人の中に、「これは、インドの言葉と思います」と言う人がいた。インドなら、少し行ったところにスパイス屋があるということで、さっきの赤い髪留めの女の子が一緒について来てくれると言う。「行こう」とその子が言った。女の子の名はフォンだと教えてもらった。仁美も「ヒトミ」だと名乗る。

　インドのスパイス屋さんには今まで一度も入ったことがなかった。あることさえ、知らなかった。ガラスの引き戸の向こうの棚に、袋に入った粒みたいなのをぎっしり並べて置いてあるのが見える。何種類あるだろう。白い粒、黒い粒、砂みたいに細かい粒、コーンみたいなごろっとした粒、色の違う何かの粉、豆に、どんぐりみたいな実、細長い米みたいな穀物、ざっと見るだけでも五十種類くらいはありそうだ。何かの葉っぱを束ねたのとか、木の皮のようなもの、見慣れない色合いの巨大な缶詰、冷蔵ケースの中には青いパパイヤやら、ココナッツやら、知らない葉物野菜、甘そうなケーキ、すごい色合いのジュースの缶が置いてある。どこにも日本語は見当たらない。値札も全部、アルファベットで書いてある。

　店を前にすっかり圧倒される。ここ、外国みたいだ……。仁美は、フォンの後ろできょろきょろしていた。フォンが扉を開けると、プルルルルルと電子音がした。インドの人だろうか、店員が奥から出て来る。白目と黒目と肌の色が全部くっきり違って、白目の色がとても澄んで見える。若いのか、年取っているのかぜんぜんわからない。「らっしゃいませー？」

と言う。

フォンは何度も来たことがあるのか、慣れた様子だった。店に入ったフォンが、英語で何か言いながらその店員に手紙を見せた。仁美も続いて店の中に入っていくと、今まで嗅いだことのないような、薬のような、お茶のような、お香のような、いろんな香りが鼻の中で混ざり合って、頭の中がぼうっとした。お店に入る前は、インドのスパイスだから、やっぱりカレールーの匂いなのかな？　と想像していたのだが、まったく違う、もっと甘いとか苦いとか辛いとか、想像できる香りという香りが全部合わさったような、複雑な種類の香りがする。なんと言葉で言い表したらいいのかわからない。

商品のパッケージには、模様みたいにくっついた文字があって、そういえば、なんとなく手紙の文字にも似ているな、と仁美は思った。

スパイス屋の人も手紙を見ながら困って、店の奥にいたらしき、知り合いみんなを呼び集めてくれた。机のまわりに、みんなで額を集め、手紙の下に書かれた英文を指で辿りながら読んで、「ああー」と言葉を漏らしたり、頷いたりしている。フォンが横で仁美に「インドには、言葉がたくさんだから、たぶんわかる」と言った。

それでも、各地の言葉とも違うらしく、みんなで首をひねっている。手紙を返されながら、「タミル語、ヒンディ語、ちょと、ちがいますね」と言われた。「おばあさん、おだいじに」

と言う。店員が、フォンと仁美に、ぐるぐるに巻かれた黄色のかりんとうみたいな、甘いお菓子をくれた。ふたりでほおばって、甘みで口の中をいっぱいにしながら店を出る。

ベトナム語でもない、インドの言葉でもないとしたら、これはいったい何語なのだろう？

「あの人は、インドネシアの人が八百屋にいると言った」とフォンが言うので、またふたりでずっと進んで、商店街まで来た。「なんか、ごめんね。一緒に来てくれてありがとう」とフォンに謝ると、「手紙。何の意味か、わかりたい」とフォンも言うので、ふたりで目を見合わせて、ちょっと笑った。

商店街は、コンビニに百円均一の店、薬局が並んでいて、その先に八百屋があった。レジのところで店番をしているのは、確かに外国の人のようだ。この人は若くて、眼鏡をかけている。お客さんが今、あまりいないせいか、何かを手元で読んでいる様子。レジのところに、いろいろな参考書みたいな分厚い本があった。フォンと仁美が説明すると、手紙をぱっと見て、「これは……インドネシア語ではないですね」と流暢な日本語で言う。この人は日本の大学に通う大学生で、アルバイトで大家の八百屋を手伝っているらしい。

「ちょっと待ってください」と言い、商店街のはずれにある、トルコ人のケバブ屋さんに、電話をかけてくれた。英語で何か説明している。レター、というのだけはわかった。

教えられたとおりに、商店街のはずれのケバブ屋まで行ってみることにした。よくよく見れば、この商店街も、中華料理店で弁当の売り子をしているのは中国の人みたいだし、今すれ違った人も、たぶんどこかのアジアの国の人だろう。コンビニのレジの人も、たぶん日本人じゃない。ちょっと見渡すだけでも、いろんな国の人が生活していることがわかる。今まで気に留めていなかったから、見ているようで見えていなかったのだ。

　フォンと歩いていくと、赤い壁の、派手な色合いの店が見えてきた。窓の所から、肉が柱みたいになった、大きな塊が見える。日の丸の隣に、月と星のマークがあり、これがどうやらトルコの国旗のようだった。髭を生やし、だいだい色のポロシャツを着た、熊みたいな陽気な感じのお兄さんがいて、手紙を見てもらったが、眉毛をハの字にしてすぐに首を振り、この手紙はトルコの言葉でもないことがわかった。話を奥で聞いていたらしく、おばあさんがよちよち出てきた。頭にスカーフのようなものをかぶっている。お兄さんに「お守り、どぞ」と言われて、青い目玉みたいなガラスの飾りをもらった。仁美も、「ありがとうございます」と、お兄さんとおばあさんに礼を言った。お守りだから、ひいおばあちゃんのベッドに飾ってあげようと思う。きっと光が青く透けて綺麗だろう。深い海みたいな青だと思った。

　フォンに、この手紙のコピーを一部ほしいと言われたので、コンビニでコピー機に十円を入れ、印刷して一枚渡した。

　帰りがけ、八百屋の中から、さっきのインドネシア人の大学生に声を掛けられる。通っている大学の、言語学者の先生を紹介してくれるとのこと。どんどん話が大きくなる。研究室に電話してくれて、ちょうど先生もいたので、インドネシア人の大学生と電話を替わって説明し、メールで写真も送ってもらった。

やはり、その先生も、この言語は見たことがないなあと言う。「もしかして、何かのとりきめがあって、暗号遊びみたいなものかもしれませんね」とも言う。「例えば、ゲームの中の呪文とかも、特別な言語ではないけれど、友達同士だったら意味がわかる、みたいなことってありませんか。それだったら、ひいおばあさんに直接見てもらうまでは、どうにも……」と言われてしまった。

インドネシア人の大学生にも礼を言って公園に戻り、フォンにも礼を言って別れた。フォンが、ひいおばあちゃんの手紙を手に、「手紙、わかったら電話する」と言うので、フォンに家の電話番号を教えた。

家に帰った後、母に今日の大冒険の話をすると、とても驚いたようだった。手紙も見せる。公園でベトナム人の大人が、気を利かせて、手紙の下に書いてくれた英文は、このようなものだった。母が訳してくれた。

〈この手紙を読める人はいませんか。この手紙は、今、病気で入院しているおばあさんに、送られた手紙です。手紙の送り主は、幼いころ別れたおばあさんの友人です。おばあさんは目が悪く、この手紙を、誰も読むことができないため、大変困っています。友人が、亡くなる前の、人生の最後に送った大切な手紙です。どうか力を貸してください〉

風呂から上がり、いつもより早い時間だったが、「ねむい」と母に言ってベッドに入ることにした。今日という日は、いろんな人に会った一日だった。たった一日なのに、とても遠くまで旅行した気分だ。目の奥が妙に疲れている。目を閉じると、今日見た、日本の色合いと全く違うお菓子のパッケージや、外国語の響き、スパイスの香りに、響きの違う日本語、名前の知らない甘いお菓子の記憶がどっとあふれだして、身体は眠いのに、頭と目だけが妙に興奮して、なかなか眠りにつくことができなかった。

結局、調べても何もわからなかったなあ。トルコ語でもないし、ベトナム語でもない、インドネシア語でもない……。

ひいおばあちゃん、ごめんね。

だんだんと手足の先から溶けるみたいに、眠りの波がやってくる。

数日後、家に電話がかかってきた。母が取って、ちょっとびっくりしたような声で応対している。「ええ、仁美はいますが……」と言っているところを見ると、フォンだろう。慌てて電話を替わると、預かっている手紙のコピーを返したいと言う。母に「ちょっと行ってくる」と言って、自転車で例の公園に行ってみる。

フォンが、「ごめんね。手紙、わからなかった」と言って、申し訳なさそうに、手紙のコピーを返してくれた。「いいよいいよ、いろいろ本当にありがとう」と言って受け取る。その手紙を見てびっくりした。

手紙が黒い。

表にも裏にもびっしりと何かが書いてある。見ればいろんな言語の文字が書かれており、隣に日本語でもメッセージが書いてある。

〈わたしは　ブルガリア人です。これは、ブルガリアご、じゃないです。おばあさん　げんきになて〉

〈マケドニア語と　ちがいます。健康をいのります〉

いろんな国の人が、母国語や日本語や英語を取り交ぜて、次々にひいおばあちゃんのためにメッセージを残している。みんな、ひいおばあちゃんの手紙がどうか読めるようにと、心から願ってくれているのだ。外国人の知り合いの知り合い、そのまた知り合いをずっと辿って旅したらしきその紙は、寄せ書きみたいに、裏まで余白がないくらいのメッセージで埋め尽くされていた。

「フォン、みんなも、本当にありがとう。ひいおばあちゃんも喜ぶよ」と言ったら、フォンは照れくさそうに笑った。

　母とひいおばあちゃんのお見舞いに行き、ベッドの脇に、お守りの青い目玉を吊るした。思ったとおり、青い光が綺麗に透ける。

　結局、手紙の内容はわからなかったが、せっかくなので、ひいおばあちゃんに、手紙にくれたメッセージのひとつひとつを読み上げてみることにした。上半身をベッドに起こしたひいおばあちゃんは、内容がわかっているのかいないのか、それでも数々のメッセージに、じっと聞き入っているようだった。

「おばあちゃんの授業、思いだしちゃったな」と、しみじみと母が言う。「あのね、昔、ある実験があったらしくて。おばあちゃんも、よく自分の教え子に、このゲームをやったんだって」

　ひいおばあちゃんとゲームのイメージが重ならなくて、意外な気がした。

「クラス四十人でゲームをする。まず、最初のルールね。〝今から、ぜったいに話してはいけません〟。そこへ、グループ分けをして、プリントでゲームのルールを配る。ゲーム自体は簡単なカードゲーム。トランプの山から一枚ずつカードを取って行って、相手の持ち札より数字が上か下かの単純なゲームなの。勝ったらポイントとして、コインがひとつもらえる」

　単純なゲームだな、と仁美は思った。そんなゲーム、盛り上がるのだろうか。

「でも、そのゲームには秘密があるの。ゲームする人には知らされてないけれど、配られたルールは二種類ある。〝数字が上の人が勝ちです〟〝数字が下の人が勝ちです〟この二種類のプリントが、ばらばらに配られてね」

　仁美は驚いた。「そんなの……ゲームがめちゃくちゃになっちゃうんじゃないの？」

「そう。ゲームが成立しないから、みんな怒り出したり、しゃべったらいけないから、身振り手振りでけんかしたり、ゲームどころじゃなくなってしまったんだって。ルールが二種類あるからまあ、仕方がないんだけど」

「なんでわざわざそんなことしたんだろう。楽しいゲームなのに、クラスの雰囲気がめちゃくちゃになりそう」

「それはもう険悪になったらしいよ。アンケートでも、ルールを守らない人がいて、勝手な主張をして、みんな気分は最悪だったって。終わった後も、みんなむっつりと黙って」

　それはそうだろう。自分が勝ちと思っているのに、相手がひょいとポイントを取ろうとしたら、ズルをするなと誰だって怒る。でも向こうだって、別のルールがあるとしたら？

「それでね。ようやく種明かしよ。ルールが二種類あったことをね。それで、おばあちゃんはこう言ったんだって。〝みなさん、さっきのゲーム、大変、雰囲気が悪くなりましたね。実際に、喧嘩になりそうなグループもありました。でもどうでしょう。もしも、話してはいけないというルールがなかったなら〟」

仁美は考える。「うーん。そしたら、お互いに配られたルールの内容を説明して、ルールがふたつあることがわかったんじゃないかな。喧嘩にはならなかったし、雰囲気もきっと悪くならなかった」

「そうなのよ。それこそが――」

「語学です」

その声は、ベッドの方からはっきりと聞こえた。ひいおばあちゃんが、こちらをまっすぐに見ていた。

その目には力があった。

最近は、いつも病室で眠っていたようなひいおばあちゃんだったが、なんだか、急にしゃんとしたように見える。教壇に立っていたという、あのころのように。

「おばあちゃん！」「ひいおばあちゃん！」と母とふたりで何か言おうとしたけれど、言いたいことが一度にありすぎて、うろたえて喉につっかえるみたいになって、「おばあちゃん！」とただ繰り返すだけだった。でも、まばたき一回するたびに、ひいおばあちゃんは、だんだんまた夢の世界に戻っていくみたいだった。

「ひいおばあちゃん、戻ってきてよ！」

思わず右手をぎゅっと握った。母も左手を強く摑む。ふたりでひいおばあちゃんを記憶の底から引っ張り上げようとでもしているように。

なんとか必死で意識をつなぎとめようとして、「ひいおばあちゃん！」と叫んだ。ひいおばあちゃんが何か言う。

……たいね……

何て言った？　ひいおばあちゃんは今何て言った？

母と目を見合わせる。

「今の。たぶん、〝会いたいね〟って」

そのまま急に眠くなったのか、ひいおばあちゃんは眠ってしまった。

会いたいねえ――

ひいおばあちゃんは、誰に会いたいと願ったのだろう。


その日は朝から、仁美は机に、便箋を丸めた山を作っていた。慣れていないから、うまく手紙を書くのは難しい。

結局、手紙の内容はわからずじまいだったけれども、メッセージ解読に協力してくれたみなさんに、お礼の手紙を渡すことにしたのだった。

〈メッセージをくださったみなさん、ありがとうございます。手紙の内容は結局わかりませんでしたが、みなさんが、ひいおばあちゃんにメッセージをくれたこと、忘れません。わたしは将来、言葉をたくさん勉強して、みなさんに直接お礼が言えるよう頑張ります。ありがとうございました　越智仁美〉

学校に行くと、夏休みでも職員室にいた先生に相談し、ＡＬＴの先生にも手伝ってもらって、英語でも書いてみた。

最初は、外国人がいっぱいいるアパートに近づくのもなんだか怖かった。言葉も姿も文化もぜんぜん違うけれど、話してみれば、みんなひいおばあちゃんのことを気遣ってくれた。もっと世界のいろいろなことを知りたいと思ったし、いろんな人と接してみたくなった。この顚末は、夏休みの自由研究、「ひいおばあちゃんへの手紙」にまとめた。

フォンのところへも、手紙と、お礼のお菓子を届けに行った。「シンチャオ《こんにちは》！カムオンバンランクイ《この前はありがとう》」

あの日行ったコースをひとつずつ回って、お礼をしていく。まずはスパイス屋。「アップコットダンニャワード」次は八百屋へ。「トゥリマカシ、フントゥキャンタラアッヘルカリー」ケバブ屋へ。「メルハバ、ソンケッシュテッシェクリェデリム」

　そんな折、ちょうどヤギから「祖母たちのことを調べていて、わかったことがあります。物置の小箱から、日記が出てきました」と連絡が来た。

　よかったら直接、顔を見て話しませんか、ということになり、母にパソコンのウェブ会議システムをつなげてもらった。

　ヤギはアメリカ生まれの四世だそうだ。母より少し年上のようだった。眉も目もすっとしていて、見た目自体は、町内のすぐそばに住んでいそうな日本人のように見えるが、表情や手の動きとかは、ＡＬＴの先生と同じく、どことなく、アメリカの人なんだなという感じがする。学生時代に、祖母の国である日本に長く留学していたこともあって、ヤギの日本語はとても流暢だった。仁美も母と並んで、モニターに映るようにする。こちらはお昼前だが、向こうは夜の八時ほどらしく、部屋には電気がついていた。地球って本当に広いんだなと妙なことに感心する。

　ヤギの部屋で、白猫が「なーん」と鳴いてカメラを横切ったので、ひとしきり、可愛い猫ちゃんですねという話で盛り上がる。猫の名はオモチというらしい。由来はヤギの好物の、日本の餅だそうだ。

ヤギは「祖母の遺品の中から、日記と、他にも暗号の手紙が出てきました」と言う。説明によると、暗号の手紙は一通だけではなく、どうやらふたりは、数回にわたって、この暗号でやりとりをしていたらしい。

「日記を読んで、正確な日付がわかったのですが、暗号の手紙のやりとりをしていたのは、Japanese Internment の中でのことだったようです」ヤギは、日本語は流暢だが、たまに日本語が出てこない言い回しがあると、そこだけ英語に切り替わる。

「えっ？　ジャパニーズ・インチャーメンツッ？　っていう名前の学校だったんですか」いっこうに事情がわからず、仁美が訊いた。小学校の名前だろうか。

母が「そういえば、聞いたことがあります。Japanese Internment――は、〝日系人強制収容所〟ですよね。アメリカに住んでいた日系人が、戦争のときに、強制的にそこに入れられたという……」と、口をはさんだ。母の声が、いつになく硬い。

ヤギも言う。「そうです。わたしも祖母からは、直接聞いたことがありません。戦時中のことは、何も語りたがらなかったので……」

強制収容所？

『アンネの日記』で読んだことがあるけど、あれはユダヤの人が捕まえられたんだっけ？

なんで日本人が？

なんでひいおばあちゃんが？

ヤギの調べによると、祖母の日記に貼ってあった遺品の手紙は、日付により、一九四三年を最後に、途絶えていたことがわかった。

ヤギが、日記をこちらに向けて見せてくれた。手紙が貼りつけてある。やはり、同じように、あの読めない暗号で書かれていた。

日記には、その他にも、たどたどしい文字で、お兄さまが兵隊に行ったというようなことが書いてあった。

日記によると、一九四三年に、君枝の一家はツールレイク収容所というところへ移動して、マサコの一家とは離れ離れになったらしい。戦争が終わった後に、君枝の一家は日本に帰り、ヤギの祖母であるマサコは、そのままアメリカに残って、日系人の二世として暮らしたことがわかる。

「でも、強制収容所って、もしかして、日本語は禁止だったんですか」仁美が訊く。

「いえ。強制収容所の中では、学校もありましたし、日本語は禁止されていませんでした」

「じゃあ、なぜ、ふたりは日本語じゃなくて、わざわざ、そんな暗号で手紙を送りあっていたんでしょう……」

「それは……」ヤギは、どう説明したものかと、言いよどんでいるようだった。「時代が時代でしたから……難しいことだったんだと思います」

ヤギが、何か参考になればと言って、かつてのマサコの日記と、そこに貼られていた、ひいおばあちゃんが送ったらしき手紙とを、すべてスキャンして、データで送ってくれることになった。


ウェブ会議システムでの通話が終わった後も、「時代が時代って、どういうことなんだろう……」と仁美は腑に落ちない思いでいた。

なんで、ひいおばあちゃんとマサコは、日本語は禁じられていないのに、手紙をあえて暗号で送りあう必要があったんだろう。ただの遊びだったのだろうか？　でもそれなら、大事な最後の手紙まで、暗号で送るとは考えにくい。

それに、友達のマサコは、なんで、今ごろになって、アメリカから手紙を送ろうと思ったのだろう。アメリカと日本は遠いけれど、もし捜そうと思えば、生きている間に手紙をやりとりすることだって、充分できたかもしれないのに。

この手紙には、本当に、何が書かれているのだろう。

ずっと手紙のことを考えていたからか、ふと、手紙か……と思い当たった。

仁美は、夏休み前に、もう絶交だと言った花のことを思い出していた。言葉ではうまく言えなくても、手紙なら、ちゃんと言えそうな気がする。

〈花ちゃん。あのときは、ごめんね〉

このまま黙っていたら、自分の思っていることも、相手の考えていることも何も伝わらない。昔、ひいおばあちゃんがクラスでやった、〝ルールの違うゲーム〟みたいに、人それぞれに細かいルールはある。わたしたちは同じ言葉を話す。自分の思っていることを話して、相手の感じていることも聞いて、それでもまだ絶交ならば、仕方がない――と腹をくった。

あれだけ親しく行き来していた花の家に行くのが、ちょっと辛かった。呼び鈴を鳴らさずに、郵便受けの所にそっと手紙を入れると、逃げるみたいにして帰ってきた。

すると、次の日。

「仁美、花ちゃんが来てるよ」と母が言う。慌てて出ていくと、花が、ちょっと目をそらしてから、「ごめんね、あのとき」と一気に言った。昨日、仁美が出したような、小さな手紙を、花も手にしている。

結局どちらも「ごめんね」ということになって、ふたりともちょっと涙が出た。その日は一緒に遊んだ。久しぶりに遊ぶと、ひとりのゲームより数倍楽しい。

家に帰ってから、マサコからの謎の手紙の隣に、花からの手紙を飾った。その手紙は、折り紙のような複雑な折り方で、星の形に折られていた。手紙を出して、返事が来るのは、本当に嬉しいことなんだなとしみじみ思う。

ひいおばあちゃんとマサコは、どんな気持ちで、暗号の手紙を交換していたのだろう。

何かとても、伝えたいことがあったに違いないのだ。

わかりたいけれど、それを解く鍵はどこにもない。

夕食が終わった後、母親が切り出してきた。大事なことを話すときの常で、綺麗にテーブルの上を掃除して、一対一でまっすぐに座る。

「おばあちゃんとお友達のマサコさんが、暗号で手紙をやりとりした件のことだけど。わかったかもしれない」

母親は、送ってくれたマサコの日記と、強制収容所に関する本をいろいろ読みこんで、説明してくれた。ヤギが言っていた、〝一九四三年に、ひいおばあちゃんがツールレイク収容所に移った〟という事実から、あることがわかってきたのだという。

「一九四一年に、日本がハワイで真珠湾攻撃を始めて、戦争が始まったのね。当時アメリカに住んでいた日系人は、住んでいた家や土地から、強制的に立ち退かなくてはならなくなったの。アメリカに住んでいた日本人も、日本人移民も、日系人も、みんな敵性外国人として強制収容所に入れられることになった」

ひいおばあちゃんたちの辿ってきた歴史に、心臓がギュッとなる。まるで、刑務所に入れられる犯罪者みたいだ。なんの罪もない人たちなのに。自分の家や、苦労して管理していた店や畑を全部置いていかなければならないなんて。

一度、仁美の家も、水害に襲われるかもしれないということで、避難勧告が出て、学校に避難したことがあった。あのときは幸い、それほど大きな被害もなく、次の日には家に帰れたけれど、もう二度と、住み慣れた家に帰れないかもしれない、大事な家がめちゃくちゃになっているかもしれないと思いながら暮らす収容所の生活は、どれほど辛いだろう。

何も話さなかったけれど、ひいおばあちゃんも、マサコもそんな経験をしてきたのだ。

でも、今もし、どこかと戦争が始まって、その相手の国の人と仲良くできるかと考えると、仁美だって自信がない。知らなければなおさらだ。怖い、と思うかもしれない。

「その強制収容所の中でも、それぞれ違う考えの人が出てきたのね。アメリカに暮らしていても、自分はやはり日本人だ、アメリカ人じゃないんだという人たちと、いや自分はもうアメリカ市民なんだ、アメリカに忠誠を誓うという人たちとで、考えが分かれたらしいの」

「え。なんで……。先祖とかを辿っていけば、みんな同じ日本人なのに？」

「そういう時代だったんだろうと思う。マサコさんの日記にも、お兄さんが兵隊に行ったことが書いてあったでしょ」

「兵隊って……」

母は、真面目な顔で言った。「アメリカ軍として行ったの」

なんてことだろう。ひいおばあちゃんを、自分のこととしてたとえてみれば、自分の仲良しの友だちのお兄さんが、自分の国と、故郷と戦うかもしれないということだ。例えばそれが、花ちゃんのお兄さんだったとしたら？

「なんでそんなことに……だって同じ日系人なんでしょ、どうして」

「強制収容所に入れられたのは、たしかに同じ日系人なんだけど、例えば、もし仁美だって、もう日本に帰るつもりがなくて、日本には家もなくて、親戚もいなくて、これからはもう、アメリカで頑張って住んでいこうと、ずっと前から決心していたのだったら、どうする？　アメリカで生まれて、日本に一度も行ったことがなかったら？　もうアメリカ以外に住むところがなかったら？」

仁美は考え込む。

「そのとき、日本とアメリカ、どっちの味方をするとしても、どちらも間違いじゃない。人にはいろんな立場があるから。でも、収容所の中の人たちは、だんだん、考えの違う人たちでお互いを否定し合ったり、敵視し合うようになった。ひいおばあちゃんたちの収容所でもそう。考えによって分けられて、あるグループは、ツールレイク収容所に移動しなければならなくなった。確かなのは、ひいおばあちゃんの家と、マサコさんの家は、考えが違ったということ」

　なんだかやるせない。

　隣に住んで、姉妹のように育ってきたふたりだった。

　ひいおばあちゃんが、あのルールの違うゲームを、わざわざクラスでやった気持ちが、今になってようやくわかるような気がした。配られたルールはどちらも正解だった。そこに正義も悪もない。

　戦争が終わったんだったら、ふたりともＳＮＳとか使って、連絡を取り合えたらよかったのになあ、今ならパソコンもあるから、顔を見ながら話せるんだし、などと軽く思っていた。そんな風に、簡単にはいかなかったのだろう。

　ヤギが説明をためらったのもわかった気がした。平和な時代ならば、ずっと隣に住んで、助け合って暮らしていたはずの、ひいおばあちゃんの家と、マサコの家は、戦争によって、距離だけでなく、心まで離れ離れになってしまったのかもしれない。

　そんな中、どんな気持ちで、ひいおばあちゃんとマサコは、暗号の手紙を送り続けたのだろうか。

仁美は朝起きて、ふと、机の上の、このまえ仲直りした花がくれた手紙に目を留めた。仲直りの記念に飾っておいたのだ。

星の形に綺麗にひだをつけてあり、表面に、折られたひらがなの一部分だけが見えていた。

何かが記憶にひっかかる。

折られたひらがなのこの形、何かに似ている。なんだか、どこかで見たような……？

ふと、あの暗号の手紙の字に似ているんだと気づいた。

急いで、マサコの謎の手紙を広げる。

これ、もしかして、やっぱり、ひらがな？

くずし字のように装飾的につながってはいるものの、ひらがなのななめ上半分のようにも読めなくもない。仁美はメモ帳に一枚ずつ「あ」から「ん」までを書いて、そのメモを斜めに三角に折り、その三角の直角を上に向ける。すると、手紙の暗号とよく似た模様が現れる。

これを続け字で書いていけば、たぶん手紙の暗号のような文字になる。

仁美は、手紙と折ったひらがなをひとつひとつ照らし合わせ、そのひらがなをノートに書きだしてみた。

もよだのんうんき？

意味をなさない言葉なのがわかって、一度諦めかけたが、今度は全体を、縦に読んでみる

郵 便 は が き

料金受取人払郵便

牛込局承認

7395

差出有効期間
2023年6月
1日まで

162−8790

新宿区東五軒町3−28
㈱双葉社
文芸出版部 行

ご住所	〒		
お名前	（フリガナ）	☎	
		男・女　　　歳	既婚・未婚
職業	【学生・会社員・公務員・団体職員・自営業・自由業・主婦（夫）・無職・その他】		

ご購読ありがとうございます。下記の項目についてお答えください。
ご記入いただきましたアンケートの内容は、よりよい本づくりの参考とさせていただきます。その他の目的では使用いたしません。また第三者には開示いたしませんので、ご協力をお願いいたします。

書名（　　　　　　　　　　　　　　　　　　　　　　）

●本書をお読みになってのご意見・ご感想をお書き下さい。

※お書き頂いたご意見･ご感想を本書の帯、広告等（文庫化の時を含む）に掲載してもよろしいですか?

1. はい　　2. いいえ　　3. 事前に連絡してほしい　　4. 名前を掲載しなければよい

●ご購入の動機は？

1. 著者の作品が好きなので　　2. タイトルにひかれて　　3. 装丁にひかれて
4. 帯にひかれて　　5. 書評・紹介記事を読んで　　6. 作品のテーマに興味があったので
7.「小説推理」の連載を読んでいたので　　8. 新聞・雑誌広告（　　　　　　　　）

●本書の定価についてどう思いますか？

1. 高い　　2. 安い　　3. 妥当

●好きな作家を挙げてください。

（　　　　　　　　　　　　　　　　　　　　　　）

●最近読んで特に面白かった本のタイトルをお書き下さい。

（　　　　　　　　　　　　　　　　　　　　　　）

●定期購読新聞および定期購読雑誌をお教えください。

（　　　　　　　　　　　　　　　　　　　　　　）

ことにした。

きみえちゃ
んありがと
うきのぶら
んこにまた
のりたいね
だいすきだ
よずつとと
もだちまさ
こ

——きみえちゃん　ありがとう　きのぶらんこに　またのりたいね　だいすきだよ　ずっともだち　まさこ

身体がガクガクする。

ヤギがくれたデータのうち、ひいおばあちゃんが出したとされる最後の手紙を広げる。

同じように解読してみる。

――わたしたち　どんなことがあっても　ずっと　ともだちよね　きみえ――

やっとわかった。天国宅配便でやってきた手紙は、ひいおばあちゃんの問いに対する、答えだったんだ。

――わたしたち　どんなことがあっても　ずっと　ともだちよね　君枝――

――君枝ちゃん　ありがとう　木のブランコに　また乗りたいね　大好きだよ　ずっとともだち　マサコ――

大急ぎで外出中の母に電話した。あまりに声が切羽詰まっていたため、何か事故でも起こしたかと思われて、母が「大丈夫なの！　仁美、落ち着いて！」と言う。手紙のメッセージが解読できたことを伝えると、「わかった、すぐ帰るから」と言う。

字の形や、読む向きを説明した。母が、「そうか、一九四三年には、おばあちゃんが八歳だったということは、マサコさんも同じくらいの年齢だから、ひらがなの暗号なら、ふたりで、辞書を使わずにやりとりできる」とつぶやいた。

「病院に行きましょ、準備して」と母が言うので、急いで仁美も準備した。母の運転する車に乗り込む。

ひいおばあちゃんに早く伝えないと。

仁美は手紙を胸に抱きしめる。

どんな理由があったのかはわからないけれど、日系人収容所の中で、マサコは、この最後の手紙を、結局出せずにいたのだろう。

そして、それを生涯、ずっと心残りにしていたのだろう。命が尽きようとするそのときまで。

〝ずっともだち〟という、そんな一言さえも、伝えることが難しかった時代を思う。

もしも戦争がなかったら、ふたりはずっといい友達でいられたかもしれなかったのに――

病院に着くと、ほとんど走るようにしてエレベーターへ向かう。手には封筒を握りしめて。

この手紙は、長い時を経て、日本にやってきた。

天国宅配便のお姉さんから、ひ孫である自分の手にわたり、フォンが手紙を受け取って、みんなに呼び掛けてくれた。ベトナムの人たちの親切で英文が書き足され、インドの人たちにもみんなで読んでもらった。インドネシアの大学生の手を経て、トルコのお兄さん、それから大学の先生へ。ひとりひとりのメッセージが書き足されながら、いろんな国の人の手に渡った。目の色も髪の色も、習慣も歴史も祈りの言葉も、ぜんぜん違う人たちかもしれないけれど、ただひとつ同じだったのは、この人生最後の手紙をどうか、ひいおばあちゃんに届けたいという思いだ。

　病室に入るなり、叫んだ。「ひいおばあちゃん！　マサコさんから！　手紙が来たよ！　返事が来たんだよ！」

　七十八年前の返事が今、自分の手の中にある。

第3話

最後の月夜を君と

植木の刈り込みに使う木鋏《きばさみ》は、指の当たる部分の色が変わって、そこだけきらっと光っている。武井岩子《たけいいわこ》は、膝の上の木鋏を見つめて、本当に綺麗だ、と思う。ただの鋏ではこうはいかない。庭師の父が、長年手入れをしながら、大切に使い続けてきた木鋏だからだ。いつかきっと、自分も木鋏を職人さんに打ってもらうんだ、と岩子は思う。

岩子は、父の運転する作業車の助手席に乗って、今日の職場へ出かけていた。ワンボックスの作業車には、武井造園と大きく書いてある。作業車を綺麗に洗車したのは岩子だ。小学校三年生にして、もういっぱしの父の助手をきどっている。「お客様の庭をきちんと整備するためには、自分の道具や車からきっちり整理整頓しておかなければならない」「見えないところこそ、きちんとするべきだ」が父の口癖だった。父は下積みから独立、一人親方を経て、その真面目な仕事ぶりで、どんどん武井造園を大きくしていった。岩子はそんな父を誇りに思っていた。後部座席の工具類にも、ひとつの乱れもない。

車にはお守りとして、家族三人で写った貴重な写真が飾ってある。まだ岩子は母に抱かれた赤ん坊だ。岩子は、（今日も、父ちゃんとしっかり頑張ります）と天の母親に心の中で祈った。

　岩子なんて聞くと、すごい名前だが、体の弱かった母が、日本庭園の景石《けいせき》のように、強く、たくましく、雨風にもゆるぎなくあるようにと願ってつけた名だ。赤ん坊のときから、父母も（岩みたいだな……）と思っていたかどうかはわからないが、鬼瓦のごとく、ものすごく太い眉毛に離れがちの眼、鼻の穴がよく見える大きな鼻と横に大きい口、太い首に、がに股。岩子は、そっくり父を女装させたらこんな風になるだろうな、というくらいの父似だった。

　とはいえ岩子は利発なうえに、肝が据わっていた。小さいころから庭師の仕事をこよなく愛しており、保育園の年長でもう、見よう見まねで、もやい結びや鵜《う》の首《くび》結びまでできた。父はそんな岩子が可愛くて仕方がなく、ゆくゆくは自分の跡継ぎにと、仕事を見せることをいとわなかった。

　今日のふたりのいでたちは、父は地下足袋《じかたび》に脚絆《きやはん》、屋号を染め抜いた藍染の印半纏《しるしばんてん》に、豆絞りの手ぬぐい。付き添いの岩子も子供用地下足袋に、作業着のうわっぱりをぴしりと着ている。

　もちろん、父はすべての職場に岩子を連れて行くわけではない。今日の行き先は特別な場所だった。矢井田《やいだ》邸の大温室である。

　矢井田家には代々伝わるすばらしい日本庭園があるが、先々代が大の植物好きで、離れをつぶして、そこへ大温室を作った。温室と言っても個人のレベルをはるかに超えて、小さめの植物園と言っていいほどの規模だった。そこを、贅を尽くした珍しい熱帯の植物や蘭でぎっしり埋め尽くして、地上の楽園のように仕上げたのだった。植物園の始まりは、古代エジプトやギリシアの王族が、珍しい植物を収集した荘園を作ったことから来ているようだが、珍しく、美しい植物を自分のそばで愛でたいという気持ちは、古代から現代になっても変わりはないようだ。

父はその矢井田家に認められ、温室に入ることを許された数少ない庭師だった。「職人の学びに終わりはない」と言い、父は休みの日にも、取り寄せた論文を読んだり、海外の園芸専門家やバイヤー、プラントハンターと情報交換をしたりしていた。父は、矢井田家の大温室を常によい状態に保つことを、人生の大きな仕事ととらえていた。

自分も将来は、父のような職人を目指すんだと岩子ははりきった。すでに岩子は〝植物と言えば岩子〟というほどの、専門家の大人も舌を巻く小さな植物博士で、毎日植物に関する図鑑や専門書を読み、植物に対する知識を蓄えていた。すでに町の植物園の常連で、植物を見て疑問に思ったことをどんどん質問したりして、顔を見ただけで、学芸員にも「ああ岩子ちゃん、よく来たね」と言われるくらいの仲だ。植物学の権威にも、「岩子ちゃん、大きくなったらうちの大学にぜひ」と言われている。

そんな岩子を、父が、後学のためにと矢井田家の大温室に連れて行った日、岩子は図鑑でしか見たことのなかったマスデバリア・トバレンシスの群生も、ヒメホテイランも、キソウテンガイすらもあるのを見て、あまりに喜び、感激のあまり、思わず泣いたくらいだった。植物好きの矢井田家当主、矢井田兼《かね》五《ご》郎《ろう》もその様子を見て、岩子を好ましく思ったらしく、スケッチの許可と、剪定したものに関しては、自由に植物標本に使ってもいいとのお許しが出た。矢井田家の温室は、あまりに希少で高価なものが多く、外部に情報が漏れることを恐れ、一般の人間は、誰ひとり立ち入ることが許されていないという、特殊な場所だった。雑誌やテレビの取材も全部断っていた。矢井田家の大温室は、観賞するのは矢井田家の身内のみという、この上なく贅沢な場所だった。岩子に入室のお許しが出ること自体、なかなかないことだった。

　岩子が矢井田家に来るときは、肩から植物をスケッチするための野帳《やちょう》と、植物をはさむための野冊《やさつ》を下げている。父の仕事を手伝い、休み時間に、スケッチや標本採集ができるように。

　とはいえ、手伝いの岩子にも仕事はいくらでもあった。植物は生きている。生きている限り変化はある。道に落ちた花弁や落ち葉を掃き清めたり、父が刈り込みしたあとの枝拾いに池の清掃、咲き終わったあとの花がらをひとつひとつ丁寧に取っていったり。そんな手伝いの手をふと止めて、ここはなんと美しいところだろう、と今日も岩子は温室を見渡す。何度来ても、この感激は変わらない。中央に立つと、美しい熱帯の森に迷い込んだようだ。温度と湿度が完璧に保たれた空気はいつでもみずみずしく、息をするたびにほっとする。あたりから花のいい香りも漂ってくる。

温室は、ＳＦ映画の街みたいに、八角形のガラスが複雑に組み合わさって、巨大なドームのようになっている。中央はとても高く、巨人の扇のような葉っぱが美しいタビビトノキや、マングローブの大樹、ベトナムツバキなどの熱帯の木が森のように生い茂っても、天井にはぶつからないほどだ。真ん中に大きなドームがひとつ、左右に小さなドームがひとつずつあり、熱帯・サバンナ・高山植物と、それぞれ管理する温度、湿度を変えてある。すぐ隣には、種まきと挿し木や苗を管理する、管理用の小温室もあった。高山植物のドームは地中にクールチューブを張り巡らせ、真夏でも植物を厳しい暑さから守れるようにしてある。中央ドームの真ん中あたりには池があって、熱帯の希少な蓮が次々と花開き、岩子が葉の上に乗れるほど大きなオオオニバスをはじめ、光線の加減によっては黒く光って見えるような、幻の蓮さえある。隅には滝まであった。滝の近くではいつも虹が見られる。川のせせらぎの音が静かに響き、ここで何時間でも立っていられそうな、素晴らしい眺めだった。

芥川龍之介の『蜘蛛の糸』の、お釈迦様が歩いていたという極楽の蓮池の縁は、きっとこんな風だろう。母ちゃんも今、きっとこんなところに住んでいるに違いない、と岩子は思うのだった。

そのとき、何かの音が聞こえた。父は今、大人同士で話をしているため、話を遮るのはいけないと思った。特に、お客様といるときには。

岩子は、あたりを見回したが、誰もいない。耳を澄ますと、その音が、温室のガラス越しに外から聞こえる、誰かのすすり泣く声だとわかった。

ひっくひっくとしゃくりあげるように、哀しげに泣いている。

温室の外に出てみると、声がはっきり聞こえるようになった。声を頼りに行くと、その主がようやくわかった。どうやら、飛行機のおもちゃが、木の枝の上の方にひっかかって取れなくなったらしい。まだ幼稚園くらいの、色の白い、小さな男の子だった。黒い半ズボンに白いシャツを着ている。

「どうした」

「とれなくなった」と弱々しく男の子が言い、自分が言ったことでよけいに哀しみが増したのか、両の目に涙がぷっくり盛り上がる。

岩子は腰袋の脇に下げた手ぬぐいを、宙でパンッと払ってほこりを落とすと、男の子の顔を拭き、涙も鼻水も全部ごしごしぬぐってやる。そのまま、「ちょっと待ってな」と言って、するする登って取ってやった。木登りなんて岩子にはお手の物だ。

「はいよ」と飛行機を渡すと、その男の子が、目を輝かせて、「僕ものぼってみたい」と言う。

「お姉ちゃんが押さえといてやるから、登ってみな、簡単だ」と言うが、腕の力が弱いのか、握力がまるでないのか、ぜんぜんうまく登れない。せっかく泣き止んだところなのに、ウッウッとまた悔し泣きが始まる。

「泣くんじゃない！　ほらやってみろっ、右手で枝をつかめ！　気合を入れろ！」と檄《げき》を飛ばす。「違う！　足はこう。こうやってかけるんだ」と見本を見せているときに——

「お前、何やってるんだ！」と父親が慌てて飛んできた。血相を変えて、と言った方がいいくらいの焦りようだった。あとから着流し姿で悠然と来た矢井田家の当主に、父親が平謝りになっている。男の子は「ぼく木にのぼりたかったの」と、得意げに言い、ご当主が、そうかそうかと頭をなでる。男の子は現当主である、矢井田兼五郎の孫だった。ご当主の息子が五十代と、けっこうな年齢だったから、まさかそんな幼い孫がいるとは、岩子も思ってもみなかったのだ。

　ご当主が笑って、「岩子ちゃん、孫の広之《ひろゆき》にいろいろ教えてやってくれ」と言う。「はい、わかりました。もう泣かないよう、じっくり木登りを教えます」と岩子が言うと、横から

「これっ」と小声で父親に叱られた。

それからというもの、広之は岩子が来るや温室に飛んできて、あれこれといっしょに遊ぶようになった。

木登りは「落ちたら大変」と、父にきつく止められたので、もうさせなかったが、仕事の合間に、硬い実を拾っておはじきにしたり、葉っぱを折って草笛や虫を作ってやったりすると、広之は喜んだ。いっしょにお絵描きをすることもあった。聴診器をふたつ持ってきて、木に当てると、中から、ごおっという、木が生きている音が聞こえる。ふたりで目を見合わせて驚いた。動かないが、改めて木は生きているんだと思う。

広之は、幼稚園でもほとんど誰とも話さず、集団では、ぽつんといることが多かったらしい。岩子といっしょにいると、「いわちゃん」「いわちゃん」と、よく話したり、笑ったりするのを矢井田家の人間はみんな、喜んだ。「岩子ちゃん、いつでもおいで」とまで言われる。

岩子と広之はいい友達になった。お互いに植物が好きで、岩子は特に熱帯植物、広之は蘭を好み、植物のことを話しだすと止まらなくなった。

「うちは男親だけだから……もう少し、身の回りに気を遣ってやって、女の子らしく育ててやるべきだったかなあ」と、父が酒の席で友人に相談しているのを、岩子は偶然聞いてしまったことがある。「なあに、女の子だし、年ごろになれば、あか抜けて綺麗になるもんだよ」とその人は応えていた。

ところが岩子は、小学生の高学年にもなれば、腕にも足にも、もうもうと剛毛が生えてきて、眉毛もつながり、笑い方も特徴のあるガハハハハッという声で、岩子というと、あの岩みたいな岩子さんと、どんなに名前を覚えられない人でも「岩子」の名は忘れなかった。

岩子はあけっぴろげな性格で友人も多く、教師からも信頼されていた。誰かに「ブス！」と言われたら、「そうだよ、あたしゃ正真正銘のブスだけど、じゃあんたは何なの？」とじっと視線を据えて相手を黙らせる。言った方が恥じ入るような、その堂々たる風格と迫力は、くだらない悪口を蹴散らした。

その一方で広之は、誰もが一度見たら忘れないような、愁いを秘めた美少年に育った。全体の色素が薄く、瞳はグレー、長いまつ毛が目を囲んでいる。私立小学校に進学したが、それでも人と話すのは苦手で、「いわちゃん、いわちゃん」と岩子が来たら、そばについて離れなかった。「がっこう、行きたくない。ここでいわちゃんと毎日遊びたい」と、泣き虫なのも変わらなかった。岩子は、四歳年下の広之を、弟分として可愛がっていた。

岩子は、父が切り落とした枝などをまとめて積み込むのをいつも率先して手伝うため、力こぶも見事な体格になった。中学校に上がって、運動部からスカウトが何件も来たが、すべて断って園芸部を立ち上げた。体操服にねじり鉢巻き、脚立に地下足袋で、校内の木の剪定も見事にやった。

　そんな岩子と広之は、いつでも仲良しだった。

　岩子は、高校も造園関係の高校に進学し、園芸を究めようと日々努力する。技術の下地もあったが、植物に対する興味と探求心は誰よりも強かった。

「いわちゃん、遅いよう」と、温室でずっと待っていたらしき広之がむくれる。「技能五輪の特訓が伸びたんだよ、石組みが上手くいかなくて。すまない」と謝って、すぐに脚立に乗って、蘭の花がらを摘む作業に移った。二日間で造園の技術を競う、技能五輪の選手に選抜されたのだ。

「いわちゃんはそんな特訓なんて、しないでいいよ」

「学校代表なんだし、武井造園の岩子としても、この勝負、負けらんねえよ」

「いわちゃんは僕と結婚して、ここでずっと住むんだから、そんなのしなくていいよ」

　急にそんなことを言い出すので、危うく茎を切りかけた。広之はまだ小学生だから、自分の家のこともいろいろわかっていないらしい。なんとなく後ろを向かないで、終わった花を取っていく。

技能五輪とはいえ、造園でどうやって良し悪しを競えるんだと、一般の人は思うかもしれないが、花壇の石組みにしても、石敷にしても、ほんの少しのずれから全体の調和が崩れたりする。芝張りひとつにしても、経験が多い少ないはすぐにわかる。時間だけでなく、植栽するのは実際の植木や花なので、枝ぶりをどう生かすかというセンスも問われるが、何よりも自然相手の勝負と言えた。

成績と、教師陣の岩子に対する信頼、目立つことへのやっかみから、何かと岩子につっかかってくるクラスメートや、特徴的な外見をいじる者もいないではなかったが、どんなひどい陰口を叩かれても、そんなものは心からどうでもよかった。

技能五輪の会場を見に来た広之が、「いわちゃーん！」と大きく呼んで駆け寄ってくるので、「おい広之、あまり走るな」と笑って言いかけて、後ろに矢井田家当主が、杖を突きながらやってくるのに気づいた。直立不動で迎える。

「ご足労いただき、誠にありがとうございます」岩子は深く一礼した。

「見ごたえがありますね」とご当主が岩子の手掛けた庭園を褒める。惜しくも金賞を逃して銀賞だった。

「金賞は逃しましたが、自分よりレベルの高い庭園を見るのは勉強になりました」

「ぼくのいわちゃんは、ぼくが見たらいつも金賞だと思う。今日も金賞だった」と広之が、あまりにまっすぐに言うものだから、ご当主が苦笑する。「これ、あまり岩子さんに面倒をかけてはいけないよ。武井造園さんの大事な二代目なんだから」

恐縮しながらも、岩子は思っていた。矢井田家にしてみれば、何もいぶかしく思う所はないのだ。広之が〝ぼくのいわちゃん〟と口にしても、少しも慌てたり焦ったりはしない。なぜなら自分は庭師の娘で、自分もまた、庭師としての岩子だからだ。これがどこかの令嬢だったなら、聞いていたご当主も、顔色を変えただろう。岩子に温室への出入りを許し、広之と親しく話すのを許しているのは、岩子が、自らの立場をわきまえているからに他ならない。そんなものは、岩子自身が一番理解していた。

岩子は、広之のよき兄貴分となるために、自分の中から女らしさという女らしさを、わざと消していった。ベリーショートというよりは、いつでも角刈りに近い髪に、作業服。筋肉トレーニングで体脂肪を抑え、作業服の下にはさらしを巻いてねじり鉢巻き。口調もできるだけ男っぽく。

誰にも気づかれないように。

岩子の望みは、たったひとつだけだった。

いつまでも温室で広之と一緒にいられたら。いつまでも一緒に――

広之は岩子が来る曜日には、温室の入り口で待っている。車の音がするなりハッと顔をあげて、大急ぎで寄ってくるのは、幼稚園児の頃からまったく変わらない。飛行機のおもちゃを木にひっかけて泣き、木に登りたいと言って、下から押していたあのころから、今やぐんぐん大きくなり、いつの間にか背は越され、岩子は広之に見下ろされるようになっていた。広之が、「いわちゃん、これ見て」と嬉しそうに苗を出してくる。広之が大切そうに持っているのは、つる性の植物の苗だ。まだ蔓の先まで四十センチほどの子苗だった。「ヒスイカズラか」と言うと頷いて、「一緒に植えようよ」と言う。

このヒスイカズラという花は、蔓《かずら》の名の通り、フィリピンのルソン島原産のつる植物で、今や絶滅危惧種だった。現地では育てやすいのだが、日本では栽培の難易度はかなり上がる。なぜなら十度以下で、このヒスイカズラはあっけなく枯れてしまうからだ。沖縄ほど冬も暖かければ、路地植えも可能となるのだが、日本の冬を、ただの室内で育てようとすると日照が足りなくなる。少しでも環境が変わるとすぐにダメになるので、移動も厳禁だ。日照を確保しながら、冬にも十度以上を保とうと思えば、温室が必要となる。小さいものなら小型の温室でも栽培は可能だが、ヒスイカズラは、成長すれば二十メートル近くにまで達する。ある程度株が充実しないと花をつけないこともあり、ヒスイカズラの大型のものは、結果的に、本州では植物園でしかあまり見られない、貴重な花となっていた。

しかも、蔓を誘引《ゆういん》しようと思って人の手で触ったり、植え替えようとして、根を少しでも切ってしまうとすぐに調子を崩し、ひどいときにはそのまま枯れてしまうといった、繊細かつ気難しい植物だった。

それでも、このヒスイカズラを広之が育てたくなるのもわかる。このヒスイカズラの花は、その名に恥じぬ、翡翠《ひすい》色の驚くほど美しい花をつける。岩子も初めて実物を見たとき、こんな花が自然界にあるなんて、信じられないと思うくらいの青緑色に息をのんだ。本物は図鑑よりももっと色が鮮やかで、硬質な艶がある。それはまさに宝石のよう。花を打ち付けたら、カンカンと響くのではないかと思うほどだ。その青緑の花がずらっと並んで、藤の花のように、人間の背丈ほども垂れ下がる姿は壮観だった。

ふたりで、どの位置に植えたら一番いいかを話し合い、父にも相談して、あとで蔓を誘引しやすいように壁際に植え付けた。根を傷つけぬよう、ポットから注意深く抜いて、祈るような気持ちで、周りに土を入れていく。ふたりで、赤ちゃんでも寝かしつけるような手つきで、ふんわりと上から土をおさえた。

このヒスイカズラの花が咲くころには、わたしたちは、どうしているだろうな、と岩子は思う。

「いわちゃん、このヒスイカズラ、いつ咲くのかな」広之が言う。「楽しみだね。咲いたら一緒にお祝いしよう」

植物を植えるとき、人はまだ見ぬ未来を思う。この花が大きくなったら。咲いたら。実を付けたら。岩子が植物を特別好きなのは、そんな風に、人の未来への希望と共にあるものだからかもしれなかった。

「さあねえ、この子は、植物園でも苦労するくらいの気難し屋だと聞いている。無事に咲くかどうか」

「大丈夫だよ。ぼくたちがずっとついてるもの」広之が笑う。「そうでしょ？」

ヒスイカズラの花咲くそのときも、今と同じように、広之と一緒にいられたら。


岩子は専門学校を卒業して、正式に、父と一緒に働き始めた。見習い期間の一年はすぐに過ぎた。

今日、初めて岩子は印半纏に腕を通す。本藍染に武井造園の屋号を染め抜いた、岩子のためのものだ。この印半纏は庭師の半纏を専門とする職人の手によって作られる、正式な社員の証だった。どれだけ誇らしかったかわからない。それまではただの作業着だったが、地下足袋に脚絆に半纏、角刈りの頭には豆絞りの手ぬぐいで、すっかり本式の庭師らしくなった。木鋏も、時間をかけて鋼を叩いて鍛えてもらった、一生ものだ。

武井造園にも、年のころが岩子と同じくらいの新入社員が入る。この仕事はあたりまえだが、夏暑く冬寒い。泥だらけにもなるし、蚊や毒毛虫などの虫にも刺される。あまりに酷暑のときには送風機つきの空冷服も着るようになったが、昔気質《むかしかたぎ》の父は、客前でのだらしない服装を絶対に許さなかった。他の造園会社なら金髪も銀髪も許されようが、武井造園では禁じられていた。

岩子は社長の実子で女ということで、変に気を遣われたりしないよう、誰よりも率先して担ぎなどの力仕事やみんなが避けるきつい作業をやった。この印半纏を着られる人間はそう多くない。入社するときには、どうみてもチンピラみたいだった人が、だんだんと職人の顔つきになっていくこともあれば、やる気あります！　頑張ります！　と前のめりで言っていた人が三日で来なくなったり、岩子の周囲でもいろいろあった。

岩子が印半纏姿で初めて矢井田家に行くなり、「いわちゃん、かっこいい……」と広之がぼろぼろ泣くので、なんだか照れくさくて困ってしまった。

「広之も、もう十六になったんだから、男がそんなに軽々しく、ぴーぴー泣くもんじゃない」

「でも僕、嬉しいんだもの」と言ってまだ泣くのを、「ああもう」と言いながら、腰袋の脇に下げた手ぬぐいを、ぱんと払ってから、ごしごしぬぐってやる。

しあわせだ、と岩子は思う。

まだ自分の庭師としてのキャリアは始まったばかりだ。一年目なんてまだヒヨッコ中のヒヨッコ、これから死ぬまでが修業だと岩子は思う。樹木医、造園施工管理技士、造園技能士の資格も次々に取った。

「あのブス子がどうこう」と噂をしていたら、遠くから「なんすかー呼びました？」と言って恐れさせ、酒癖が悪く、可愛い女社員にセクハラしようとしている知り合いを見かければ、「いやー奇遇ですね社長！　わたしが酌をしますよ、ほらほら飲んで飲んで、あっお姉さん、テキーラボトルで持ってきて！　お願いします！」と正面から割って入って、矢面に立ち、持ち前の胆力で現場監督との交渉もうまくこなした。建設現場は気性の荒い男社会、急な仕様変更に悪天候での工期の遅れ、もめ事の種はいくらでもある。そんなときにも岩子は機転で切り抜け、若手が出先で何か困っても「まー、それならそれでいいですけども。あとでうちの岩子さんがどう言いますかねえ」と名を出せば誰もがひるむ、女傑〝角刈りの岩子〟として名を馳せた。

　数年経つうちに、岩子姐さんと信頼され、岩子組なるファンクラブまでできた。生まれる娘の名付け親になってくれと頼みこまれたこともある。そんなだからか、同僚や現場の関係者から、付き合ってくれないかと言われることも多々あった。それでもすべての誘いを断った。

一方、広之は持病が悪化し、心臓に負荷がかかるようなことは、なるべく避けねばならなくなった。定期的な通院と検査が必要なこともあって、大学卒業後も特に働かず、一日の大半を大温室で過ごしていた。勤め人ではないせいか、それともまめに床屋に行くのが面倒なのか、色素の薄い茶色がかった髪を伸ばし、後ろでひとつにまとめている。

広之は岩子を見つけると、昔と同じように駆け寄ろうとしてやめ、気持ちだけを急かしながら、ゆっくりと歩いてやってくる。温室の、咲き乱れる蘭の向こうから、白く、しめつけのない楽な服装でゆったりやってくる広之を見ていると、温室の外に出せばすぐに枯れてしまう、珍しくて美しい花のような男だと岩子は思う。

「いわちゃん」

広之は、作業する岩子の背中から声を掛けるのが好きらしい。いつも何かしら、話しかけてくる。

「何。ほら広之、そこ、枝落ちるから下がってな」脚立の上から言った。

「もう、いわちゃん待つの、僕、いやだなあ」パチン、パチン、と木鋏が鳴る。

「温室の前で待ってなけりゃいいじゃないか。着いたら電話で呼ぶからさ」

「僕と一緒に住めばいいじゃない。ここで」

しばらく無言で枝を落とす。

「……そういうわけにもいかねえだろ、武井造園の仕事もあるから」

そのまま枝を切り続ける。

そうだな、と言えたらどれだけいいだろう。いつまでもこんな風に、ふたりで温室の中で時を過ごして、来年の花を待つ。温室の中の木々が育っていく様子を眺める。温室とともに生きる。そうだなそうするか、と応えて許されるものならば、すぐにそう言っていた。

岩子は、パチン、と枝を落とす。


そんなある日。晩酌を終えた父親に「岩子、ここに座りなさい」と言われた。いつもの父らしく、園芸雑誌はきちんと揃え、ちゃぶ台の脇に積んである。父は次の日の作業に響かぬように、深酒をすることはなかったが、今日は珍しくいつもより飲んだのか、目の縁が赤くなっている。

父親は寡黙で、そんな風に話を切り出してくることは、なかなかないことだった。それだけで、この話は大事な話なのだとわかる。岩子はなんとなく、父の後ろの棚に飾ってある、母の写真にちらりと目を向けた。

「矢井田さんの温室に行くのは、もう卒業しなさい」

心の片隅でずっと恐れていたことがついにやってきた。それでも岩子は、そんなことは何でもないような表情をした。あれ？　父さんはいったい、何を言ってるんだろう？　と、なんとか深刻な雰囲気でなく、冗談で流せる方向へ、なし崩しに持っていこうと、頭の中で戦略を巡らせる。武井造園の社長である父に、仕事のことで口答えしたことは一度たりともなかったが、これだけはどうしても譲れない。

「えっ、それはまた、どうして？　矢井田家の温室運営は、現当主から直々に、あたしに管理を任されているし、今後の中央温室のB区画の栽培計画案と、低温栽培種の培養案も練ってるところだから、あたしが抜けると、うまく回らなくなると思うんだけど……」

「もう行ってはダメだ」父は、そう言いつつ、苦しそうだった。

「それは社長としての命令ですか」

父は、ちらりとこちらを見てから、目をそらす。

「……広之くんに、縁談の話があるからだ」

岩子は固まる。表情を一ミリも変えぬように注意しながら、「なーんだ。何かと思えば、めでたい話じゃない。広之も言ってくれたらいいのに。あいつも水くさいなあ」と明るい声で言う。

まだ言い足りないような気がして、「あの。父さんに一応言っとくけど、あたしと広之とはそういうんじゃないんで。ぜんぜん、そういうんじゃない。別に、広之が結婚しようがしまいが、あたしはなんも気にしないし。良いニュースでよかった」と、乾いた声で笑った。

「お前が気にしなくても、奥様の方では気にするだろう。ずっと幼馴染みたいにそばにいる女がいて、ふたりでずっと温室にこもって、気にならないはずがない」

「ええ？　女？　女ってそんな……」岩子は笑った。うまく笑えている気はしないが、笑った。「言ってもほら、あたしだし。そりゃさあ、あざとい感じの女だったらわかるけど、そんな、あたしがそんな――」

　岩子はそのまま黙り込む。

　父は孤児で、養護施設から庭師として独り立ちし、懸命に努力してきて今の地位を築いた。岩子はそんな父を心から誇りに思っているが、鎌倉時代から三十代にわたって続く矢井田家と釣り合うような家柄ではないことも、広之には家柄に合った旧家筋の相手が存在することも、もう以前からわかっている。矢井田家の岩子への信頼は、女としてではなく、庭師としての信頼であるということも。

　広之の人生には矢井田家がついて回る。切り離すことはできない。では、もし、広之が家を出たとしたら。広之に、「誰も知らないどこかへ逃げよう」と持ち掛ければ、きっと広之はどこまでもついてくる。

　でも、ふたりで逃げたとしたら、たくさんの庭師を束ねる父の立場はどうなるのだろう。ここまで死にものぐるいでやってきた父の立場は。矢井田グループ関連施設での仕事も多く手がける武井造園だ。（岩子さん、オレ、家建てたんす、出来上がったら見てやってくださいよう、かみさんもぜひって）と嬉しそうに言っていた部下の顔や、（ふたり目ができたから、もっと頑張らなきゃなあ）と嬉しそうに報告してくれた同僚の顔も浮かぶ。相手側も、矢井田家と縁を結べる程の旧家だとしたら、影響は計り知れない。広之と逃げる、もしくは無理やりに話を通す。ここで自分が下手に事を起こせば、何人の人生が狂ってしまうのだろう。

　それに、どこか、誰も追ってこられないような土地で、自分は細々と庭師の仕事ができたとしても、広之には持病がある。僻地の病院で対処できるとは思えない。温室の外に出してしまえば、生きるのは難しくなるだろう。広之には矢井田家の庇護が必ずいるし、ふたりで慈しんできた大温室もまた、維持に目のくらむような金がかかる。どちらも矢井田家から切り離した時点で、枯れて死ぬ。

　普通の、何のしあわせも望まない。一庭師としてなら、ずっとそばにいられると思ったのに――

　岩子も父も、ちゃぶ台の木目を見たまま黙る。

「わかりました」

ざあっと木の葉を揺らす、風の音が聞こえる。岩子は、しばらく、その風の音を耳で追った。

「でも。何も言わないで広之の前からいなくなるのは良くない。植物だって要らない枝は剪定する。ちゃんと切り落として、植物のあるべき姿を決めていく。あたしに、最後の仕事をさせてほしい」

岩子は、立ち上がると、窓から外を眺めた。


温室の、川のせせらぎの中で、マダガスカル・レースプラントの網目のような葉が、一面にゆっくりとゆらめいている。この温室は水の中さえ美しい。以前、試しに防水カメラを水流に入れたら、透明な水流にたゆたう水草が、どこかの惑星の森のように見えた。広之も面白がって、流れのところでふたり、寝そべってカメラを浸し、代わりばんこに、いつまでも見続けていたことを思い出す。

広之が、今日も作業する岩子に、背中からあれこれ話しかける。岩子もいつものように笑って応じる。

最後に剪定した葉や枝、花がらや落ち葉をひとつ残らず注意深く集めて、すべて作業車に積み込むと、今日の温室の作業は終わりとなる。

今日は雲行きがおかしいな、雨の匂いがする、と岩子は作業中から思っていたが、作業車のバックドアを撥ね上げると、ぽつんと雨が降ってきた。急いでゴミ袋を積み込むと、急に雨脚が強くなった。ちょうど作業車のバックドアが、雨を遮る庇のようになり、ふたりで雨宿りする形となった。

「雨だ」と言いつつ、広之は嬉しそうに雨が一面に降り注ぐのを見ている。白い線のように雨粒が見える。温室のガラスを雨が流れていく。

ふたりとも、少し黙る。

何もかも流れてしまえばいいのにな、このまま、と思った。

「広之」

「なに？」

岩子は作業車の後ろから、積んであった雨傘を取り出した。

「あのさ、広之。もうあたしがここに来るのは今日で最後なんだ。あとは親父がちゃんとやるから、大丈夫だ。引き継ぎもちゃんとしてある」と切り出したら、広之が慌てた。「え。なんで。いやだよ。ケープバルブ、一緒に植えようって言ったじゃない」

最後の仕事だ。後始末まできちんとやってこそ庭師だ。

岩子は、わざと豪快に笑って広之の背中をばしばし叩いた。

「言ってくれよ水くせえなあ！　広之、結婚するんだって？　めでたい話じゃないか。そうそう、ついでにあたしも、京都に修業に出ることが決まったんだ。京都の庭園師のところで、日本庭園を極めて来るからさ。江戸時代から続いてる御用庭師なんだって。どうだ、すごいだろ？」

急に、強い力で抱きしめられて、広之の心臓の音を初めて聞いた。この心臓のどこかが悪いなんて、わからないくらい、規則正しく鳴っている。

雨の音が強くなる。

「いわちゃん行かないで。ここで一緒にいて。この温室はいわちゃんと僕の温室だから」

ただ、一緒にいられるだけで何もいらなかった。

何を捨てても一緒にいたかった。

「なーに言ってんだバカ広之……サラソウジュの水、気持ち少なめにしな、それからB２区画の肥料、もっと窒素分の多い方がいい。あとこれから湿度が上がるから、蘭の風が足りないかな、送風機の風ちょっと強めに、それから……」言いながら広之の身体を押し戻す。顔を見ないように、雨傘を押し付けた。

「じゃあな！」バックドアを閉めて、逃げるように運転席に乗り込み、作業車を発進させた。

絶対後ろを見ないように、バックミラーを裏返そうとして。
広之が温室の前で、傘もささず、ただ雨に打たれているのを見る。
ずっとそのまま、その姿が遠く小さくなっていく。

それからは矢井田家の大温室は父が管理するようになり、父は何もそのことについて触れなかったが、広之が結婚したのは確かなようだった。

恋愛沙汰もあったがすべてはねのけ、岩子は独身で五十代を迎えた。今や岩子はダンプもユンボもクレーン車も運転できる大親方となっていた。トレードマークの角刈りと印半纏は今も変わらない。

父が腰を痛め、とうとう惜しまれながら庭師を引退することとなった。せめて八十五まではやりたいが……、と言っていたが、年には勝てない。そこで、娘の岩子に、矢井田家の大温室を引き継いでくれないか、という打診が来た。

父は、病室で「信用できる部下の誰かに任せて、お前が直接行くのはやめなさい」と言ったが、「あの温室を触れるのは、父さんとあたしくらいだから」と言った。

父は、病室の窓から見える木を眺めていた。白樫《しらかし》だな、と岩子も思う。枝の密度を減らす、透かし剪定があまりうまくいっていないのを見ているようで、入院中の今も父は根っからの庭師なのだと思った。たぶん、あの枝を手直ししたいと思っているところなのだろう。

「岩子は俺の可愛い娘だよ。大事な娘が、その……何かで、もしも傷ついたりすることがあったら、俺は嫌なんだ」

父の口から、可愛い娘なんて言葉が出るのは、あまりに意外で笑ってしまった。

「父さん、心配しないでいいから。男・女・ババアのカテゴリーで、あたしゃもう立派なババアだ。ババアになれば、世の中のちょっとくらいのことで傷ついたりしないもんだよ」と笑って、矢井田家の大温室の仕事を引き継ぐことを決めた。


二十年ぶりに見る大温室が懐かしい。

広之は持病のためか、杖を突いている。薄い色素がより薄くなったようで、岩子よりも四歳若いだけなのに、髪はもう真っ白になっていた。その髪を昔と同じように結んでいる。あくせく働くことをせぬからか、広之は、顔だけ見れば青年のように、妙に若く見えた。やはり、温室の外に出せばすぐに枯れてしまうような、珍しくて美しい花のような男だと思った。

妻の紗耶香《さやか》も隣にいた。

大丈夫だ。すっと息を吸い込む。もう何も感じない、昔のことだ。もう、ちょっとやそっとのことで傷ついたりしないと、心の中で唱える。

紗耶香は、少しも意地悪なところのない、やわらかく笑ういい人だった。姿勢が良く、言葉の選び方も育ちの良さを感じさせる。綺麗な人だ。

この人が広之の奥さんなんだな、と思った。広之と一緒に住んで、一緒に眠ったり朝起きてご飯を食べたり、笑い合ったり話をしたりする人だ。死ぬまで、死んでからも、墓に入っても一緒にいられる人だ。夫婦で似るものなのか、広之と少し似たところのある、おっとりした人だった。

紗耶香は、岩子があちこちで手掛けた庭園のことを褒め、「そういえば、岩子さんは、主人の子供の頃にも、こちらに手伝いに来ていらっしゃったとか」と屈託なく笑った。その言葉に、なんの裏もないようでホッとする。

「はい。そのころのことは、もう年であまり覚えておりませんで」と笑って、「しっかりやらせていただきます」と言い、深々と頭を下げた。

頭に豆絞りの手ぬぐいをぐっと締め、温室内で、てきぱき作業を始める。花は、みんな隣同士仲良く咲いているように見えるが、決してそんなことはない。どの植物も、日の光が欲しいと自己主張しながら成長し、自分の下に小さな苗があるから、ちょっと遠慮しよう、なんてことは一切思わずに、貪欲に枝葉を伸ばしていく。そのまま放っておけば、日当たりが悪くなったものは負けて消えさり、強いものだけが残ってあたりを侵食する。

そんな中、庭師は指揮者のようなものだと岩子は思っている。思うさま音を出したいと荒ぶる団員たちに、よく目配りして全体を制御する。指揮次第で曲がまったく違って聴こえるように、庭もまた、管理する人間によってガラリと変わる。

さすがに父の管理はすばらしく、二十年前とは株の大きさが数倍違うものがあったり、主要な樹木の幹も太さから勢いから何もかも違っていた。学会誌でしか見たことのないような、着生ランの希少種も増えている。ただやみくもに増やしたのではなく、父の造園哲学のようなものが見えてくる温室だった。

作業をしていると、後ろから小さく「いわちゃん」と声がする。岩子はわざと振り向かなかった。「いわちゃん」「いわちゃん」「いわちゃん、僕ね」

振り返る。

年をとっても、広之の目は昔と同じだった。

「旦那様、何か」

「いわちゃん……」

広之は、何か言いかけて黙る。

「昔の呼び方はおやめください、旦那様。昔と今とでは環境が違います」

遠くで紗耶香が呼んでいる声がする。

「奥様がお呼びです。さあ」と言うと、広之はうつむいて、ゆっくりと温室の外へ出る。

それからというもの、岩子が温室で作業に入るようになると、温室にはどこか必ず一か所、何かの変化があった。札が地面に落ちていたり、裏返っていたり、丸い石が、通路の真ん中に置かれていたり。そうだ、広之は、子供の頃も、こうやってたわいのないいたずらをしていた。

なつかしい。

でも昔と今とは違うのだ。広之には妻がいて、岩子は何人もの部下を抱えている。お互い昔とは、背負うものが違う。もしも奥さんが嫌味で腹黒のゲスなバカ女だったなら——それならば、遠慮なく心の中で憎むことだってできたのに、とまで思って、岩子は考えるのをやめた。

岩子はそっと、通路に落ちていた札を戻す。


何度か来るうちに、母屋の方は植木が伸びているのに気が付いた。「奥様、母屋の方の剪定はいかがしましょうか」と言うと、「母屋は、もうちょっと後にしてくださいますか」と言う。剪定は、三月の今ごろがベストなのだが、後でということなら仕方がない。

そんなある日のこと。岩子はいつものように大温室に到着して、作業車を降りた。出てきた紗耶香の顔色を見て、広之に何かあったな、と察する。今までも調子を崩して、広之が入院することはたびたびあった。蘭の写真集の、新しいのでも買って見舞いに持って行ってやれば、広之はきっと喜ぶ。帰りに大きな書店に寄ろうと決めた。

「先週の木曜になりますが、主人が亡くなりまして。ばたばたして、連絡が遅くなりすみませんでした」

　頭の中で意味を持たない、なく・なり・ましての文字列が巡る。しゅじん・が・なくなり・まして。炎天下で熱中症になったときみたいに、目の前の色彩が全部おかしい。

　突然昔のことを思い出す。広之と一緒に、枯れてしまった木を伐採したことを。あれは広之が二十くらいのときだったか。切り株から、ひこばえ――新しい芽が出てこないか連日見守っていた。地上部が枯れてしまっても、一本でも芽が出れば、その樹は新しい芽として命を引き継いでいける。

　ふたりとも、祈るような気持ちで、その樹を眺めていた。

「僕も、こうやって土に埋めたら、新しい元気な僕が生えてきたらいいのにな」と、広之がぽつりと言った。結局、その樹は、新しい芽を出す体力も残されておらず、そのまま枯れてしまった。

「もう二度と、新芽は生えてこないんだね」

広之が枯れた木の切り株を前に、神妙な顔になる。

「僕が死んじゃったら、いわちゃんは泣く？」

唐突にそんなことを言いだすので、とまどった。広之の前で泣いたことは、まだ一度もない。

「なんだ縁起でもない。広之は日本で一番の名医に診てもらってるんだ。だから――」

「ねえ、泣く？」

その日の広之はなんだかしつこかった。

「そりゃ、まあ。泣く……だろ」

顔をじっと見て来て、満足そうに笑うので、持っていた猫じゃらし草で頬のあたりをくすぐると、広之は「やめてよう」と笑った。

なんで今になって、こんなことを思い出しているのだろう。

「ここ数か月、持病が悪化していたんですが、発作を起こしまして、そのまま……」

そうなのだ。自分は単なる庭師だから、すぐに連絡する義理もない。そんな遠い関係なのだ、広之と自分は。

足がぐらつくのをなんとか踏みとどめて、どうにかお悔やみを言った。

広之には、最後の別れもできないままだった。

これからも、ずっと温室でそばにいられると思っていた。こんなことなら、広之に伝えておきたかったことがたくさんあった。あんな風に、無下に遠ざけるのではなかった。

あの日、広之は何を言おうとしていたのか。

それよりなぜ二十年前のあの日、一緒に逃げてしまわなかったのか。何もかも捨てて、ふたりで。こんな終わりを迎えるくらいだったら、誰に恨まれてもよかったじゃないか、親を、世界をぜんぶ敵に回したって。

広之――

紗耶香の声に我に返る。

「あの。岩子さんに相談があるのですが。温室は、管理できる者も、もうおりません。大変申し訳ありませんが、温室はもう……たたもうかと考えています」

なんとなく、温室はずっとここに存在し続けるものだと思っていた。広之がいなくなっても、自分がいなくなっても、ふたりの生きた証は、ずっとここで、世代を超えて受け継がれていくものだとばかり思っていた。温度・湿度の管理をやめ、人の手も入らなければ、温室はすぐに雑草に呑まれ、せせらぎも藻で埋め尽くされて、緑の廃墟と化すだろう。

――この温室はいわちゃんと僕の温室だから――

「やはり生きている植物ですから、除草剤などで枯らしてしまうのも心苦しいです。主人の大切にしていたものですし」

　重機が入って何もかもぐちゃぐちゃに掘り返され、木は切り倒され、除草剤もまかれて、みるみる茶色になっていく花たちを想像する。あの極楽の風景のような温室の池も、せせらぎも埋め立てられ、何もかも、地面も露《あらわ》なただの更地になってしまう。胃が変になりそうなのをぐっとこらえる。

「……植物園にも、園芸家にも伝手《つて》がありますので、できるかぎり、中の植物に関しては、売却の手配をさせていただきます。それまでは、温室の手入れをさせていただいてもよろしいでしょうか」と、かすれる声で言った。

　ふたりの思い出がつまった大温室を、壊さなければならない。この手で。

　矢井田家を辞して、岩子は自宅に戻ってきた。父はまだ腰のヘルニアのリハビリが長引いているのでひとりだ。植物の売却リストを作ろうと思ったが、できなかった。部下に体調不良で、しばらく仕事を休むからと言い残し、仕事の指示を出して、そのまま布団をかぶった。

　それからしばらく、どうやって暮らしたか覚えていない。ラッパ飲みしていた焼酎の一升瓶がいくつも部屋に散らばっている。

　その日も、今日は大温室の手入れの日だった、といつものように身を起こしかけて、やめた。温室は、もういいと言われている。それでも生きている植物たちだ。水やりはある程度プログラムで細かく設定してあるものの、人が目をかけ、手を入れなければすぐに状態は悪くなる。来年の花つきも悪くなってしまう。いや、花なんてもう、誰も――

そのとき、リン、と呼び鈴が鳴った。一升瓶を持ったまま、ふらふらと立つ。

玄関の、ガラス引き戸の向こうに、誰かが立っている。

その影から、訪問者は女のようだとわかった。

ガラガラと引き戸を開けると、ほっそりとした若い女が立っていた。胸のところに、小さな荷物を持っているところを見ると、どうやら宅配便のようだ。出てきた岩子が一升瓶片手に、腫れた目で酒臭い息を吐いているのを見て、その宅配人の女は一瞬ひるんだようだったが、「武井岩子さんのお宅でいらっしゃいますか」と言った。

「わたくしども天国宅配便は、ご依頼人の遺品を、しかるべき方のところへお渡しするという仕事をしております。つきましては――」宛名の所の字を見て、今までずっとこらえていたものが一気に決壊した。武井岩子さま、とある。紛れもなく、広之の懐かしい字だった。広之らしい繊細な文字。広之が生きていた痕跡。何も残されていない自分に、残された唯一の何か。岩子は玄関の土間に手をついて、一升瓶の脇でオンオン泣いた。

その宅配便の女もさぞ驚いただろうが、「大丈夫ですか」と、辛抱強く、背中をさすったりしてくれた。

その女は七星律と名乗った。

「――そうですか、広之さんとは幼馴染で、そんな小さい頃からのお知り合いだったんですね」

ちゃぶ台をはさんで座る。ようやく涙も落ち着いて、お茶を出せた。さっき七星からもらった、チョコレートの甘みのおかげかもしれない。久しぶりに力のつくものを食べた。

過去の仕事のこと、温室でのあれこれ、そしてこれからのことをいろいろ話してみれば、この七星は若いが、さっぱりした性格で、礼儀正しく、入社してから伸びる子特有の、目に力がある。身のこなしも軽いし、背もあるから高所の作業も上手にできそうだ。きっと印半纏も似合うだろう。気に入って「七星さんいいなあ。もしも。もしもだよ、この先、転職を考えることがあったら、ぜひうちにおいでよ」と誘ってみたものの、「ありがとうございます。ところ、この宅配の仕事がわたし、好きなんです」と笑って言う。

ちゃぶ台の上には、小ぶりの荷物が載っている。さっき持ってみたところ、中は軽い。重みはほとんど感じないので、入っているものは、植物なら何かの種、もしくは何か紙のようなものかもしれない。

何が入っているのか、すぐさま開けて中身を確かめたかったが、「この宅配便の開封には条件がありまして。遅い時間となりましてすみませんが、今夜零時、矢井田さんの大温室までいらしてもらえますか」と、七星が、おかしなことを言いだす。今夜零時なんて、真夜中じゃないか。岩子は、庭仕事にベストな体調で行けるようここ何十年も、夜十時就寝のペースをほとんど崩したことはなかったが、「この時間も、広之さんのご指示でして……」と七星が言うので、従うことにする。

それまでこの包みは、開封してはいけないらしい。

しかし、この包みには、いったい何が入っているのだろう。宅配人の七星も、中身は知らないのだと言う。

いったん見た宅配便の箱だったが、「ここにあると、どうしても中が気になるでしょうから、その時間までしっかり、こちらでお預かりしておきますね。改めて、温室でお渡ししますので」と言い、七星は箱を手に帰って行った。

今夜零時か……。

仕事をするわけではないので迷ったが、いつものように地下足袋、印半纏を着こむ。道具袋も腰から下げた。印半纏を初めて着ていった日、広之は、泣いてたっけな——と思い出す。三月とはいえ夜は寒く、春の雰囲気はまだ遠いように思える。作業車に乗り込むと、息が白くなった。手をこすって温めてから、いつものように作業車を走らせる。

矢井田家の、いつもの駐車場の隣に、一台のバイクがあった。白い羽根のマークがあるところをみると、天国宅配便のバイクらしい。

足元を照らしているのか、遠くから、明かりが不規則に揺れてやってくる。真夜中だというのに、妻の紗耶香がコートを着こんで、迎えてくれた。

隣には、さきほどの制服を着た七星がいて、大事そうに荷物を抱えている。

温室に入ると、ふわっと暖かくなる。紗耶香は、眼鏡が曇ったのか、あらあら、と言って眼鏡を布でぬぐっていた。温室内はどんなに風が吹きすさぶ真冬でも、熱帯の気候を保っている。

夜の温室は、植物たちも眠りについているように、ひっそりと静まり返っていた。

紗耶香は、複雑な表情でその温室を見渡していた。

「お恥ずかしい話、実は、我が家はもう、破綻寸前なんです。この家も、落ち着き次第、処分するつもりでおります。事業も倒産してしまって、負債を抱えて……。あの人は、山も土地も売って、代々家に伝わる美術品も売って、絵も家具も売って、車も売って、何もかも売り払って、売れるものなら自分の靴や服までも売って、すべて、大温室の維持に充てようとしました。たしかに花は綺麗ですが、植物趣味って、そんなにすさまじいものなのですね……。私には、すべてをかけても趣味につぎ込む、主人の思いがよくわからなくて……なんでそんなに、あのひとは温室にこだわったんでしょうかね……」

母屋の剪定時期が以前より遅いなとは思っていたが、そんなことになっていたなんて、まったく知らなかった。

「だから、主人が亡くなって、もうこれで温室から離れられる、もう金策に走り回らなくてもいいと知ったとき、ちょっとホッとしたんです。すみません岩子さん、管理を懸命にしていた方に、こんな話をしてしまって」

いいえ、と首を横に振る。

温室は、ただ囲っておけば自然に温かくなるというものではない。日によって、灼熱のサウナにもなれば、冷凍庫にもなりうる。それをセンサーで一定温度に管理しているのだ。原理はというと、家のエアコンとさして変わりない。ただ、規模が違う。温度だけでなく、湿度も植物に適した程度があるので、湿度管理もしなければならないし、締め切った無風もよくない。一種類の植物だけを管理しているのではないため、場所ごとに細かい設定と人の手が必要だった。それが、世界の珍しい植物を、この四季のある日本で咲かせるために、人間が差し出さなくてはならない代償だった。

「あの人は、どこか子供みたいな人でした。岩子さんをこんな深夜に呼び出したりして、本当にすみません」と紗耶香が謝る。

いえいえとんでもない、と首を振る岩子に、「では、こちらでお預かりしていた、天国宅配便のお荷物を、開封いたしましょう」と七星が言って、荷物を差し出してくる。

受け取りかけて——

まずい。

岩子は思った。

もしも今、中から手紙のたぐいなんかが出てきたら。どんな内容なのかは知らないが、この気のいい奥さんを悲しませることになりはしないか。七星には、広之と仕事がらみの話はしたが、詳しいことは何も言っていない。ただの気の合う庭師と、主人の関係だと思っている。この分だと、広之のほうでも、七星には何も言っていないようだった。

岩子はうろたえながらも、考えを巡らせる。

「えーと。ひとまず、箱は後にしませんか。まずは、この温室の眺めをじっくり案内してから……ほらご覧ください七星さん、そこの青い花はディサと呼ばれるランで、青いディサ、これはねすごく珍しいんですよ、栽培も難しくてですね、南アフリカのテーブルマウンテンに自生するという——」「はい、でも、これ矢井田広之さまからお預かりしているものです、ぜひ」と、七星が箱を差し出して、にっこりする。

「あっ、ほら見てください！　見事な枝ぶりでしょう、そうそう、あの樹はですね、パロボラッチョと言いまして、幹は膨らんだ酔っ払いの腹のようで――」「箱の中身は苗か何かかしら。岩子さんすみません、主人にお付き合いいただいて。あまり遅くなるのも、よくありませんしね。さあ」

岩子は腹をくくった。これでも自分は親方だ。今までも危ういところを何度も切り抜けてきた。そう、勧進帳だ。武蔵坊弁慶が勧進帳を読んだみたいに、いざとなったらまったく別の文章を読めばいい。

「では、開封いたします」

何が何でも、この奥さんを悲しませるわけにはいかない。誰よりも早く、中身をさっと取り上げて、不自然ではないように読み上げて――

「あれ？」七星が声を上げた。

すばやく中身を掴み取ろうと思っていた岩子も拍子抜けした。

中は、空？

「えっ、そんなはずは、だって、ええ？」と七星がうろたえている。「この中に大事なものが入っている。岩子さんにはわかるって、広之さまご本人が」箱をひっくり返しても、叩いても本当に何も出てこないのだった。七星は真っ青になって、真夜中だというのに、急いでどこかに電話している。

「私、結婚して、そばにずっといましたけど、あの人、摑めないところがありました……きっと中身を入れ忘れたんですね。抜けてるところもありましたから。岩子さん、こんなに夜遅く、ここまでおいでいただいたのに、大変失礼いたしました」と紗耶香が頭を下げる。

いったい、何だったんだろう……。わざわざ箱まで準備して、宛名を書き、天国宅配便に頼むくらいだったのに。

考えても何もわからない。

箱の中身はどこへ？

変な時間に起きているからか、目が冴えていて、今日は眠れそうになかった。

ここから帰る前に、やらなければならないことがあるのを思い出す。自分にしかできない仕事だ。岩子は、豆絞りの手ぬぐいを頭にぐっと締めた。

一株でも多く、この希少な植物たちが生き残れるように、行き先を作ってやらなければならない。ここで育った植物たちだ、移植してうまくいくとは限らないのだが、少しの可能性があるなら、そこに賭けたい。幸い、蓄えは十分にあるので、赤字を覚悟しても、移植のために動こうと思った。

「ちょっと温室の中を見て回ってもいいでしょうか。植物の売却リストを作らせていただきます。奥様はもう遅いですので先にお休みください。鍵は母屋のポストにお返しします」と言うと、紗耶香はほっとしたようだった。

広之は、何を言いたかったのだろう。何もかも、わからないまま遠くへ逝ってしまった。

最後に言い残したかったことは、何だったのだろう。

紗耶香が母屋に入ってから、「あっ！」と七星が声を上げた。持っていたファイルの地図の裏に、何かの記述があったことを思い出したらしい。

「いけない！　うっかりしてました。椅子！　そうです、えーと、椅子を拝借」と、温室見取り図を片手に、どこからか持ってきた椅子を一脚置いた。「ええと、今日は何日だ……」と、何かの書類を指で辿り始める。「ＯＫ、三月二十六日、と……。ヤシの木を背中に、ここから、向きは北北東」などと、コンパス片手に椅子の向きを合わせて、ぶつぶつ言っている。

「おかけください」と椅子を示された。七星が、もう一脚椅子をとってきて、隣に並べる。なんだ、七星も隣に座るのかと思っていたら、何やらまだ見取り図とにらめっこしている。

「この依頼は、条件が難しかったんです。今日、晴れて何よりです」と言いつつ、七星がどこかへ行ってしまった。「七星さん、おーいどこへ?」と声を掛けたと同時に、温室内の電気が突然、真っ暗になった。

目を開けているのか、閉じているのかもわからないくらいの、濃い闇。

何も見えない。

ふいに、花の香りが強くなったような気がした。

「ちょっと、電気設備勝手に触らない！」と声を上げたが、七星は帰ってこない。

「まったくもう……」と言いながら、暗闇に目が慣れるまで椅子に座り、ぼーっとしていたら、急に鮮明に目のピントが合った。

七星の声が温室の闇に響く。

「依頼の条件は、〝満月の晴れた夜に、荷物を届けてほしい〟でした」

岩子には、突然わかった。

いたずら好きの広之らしい。荷物の方には、わざと何も入れなかったのだ。あいつにまんまと一杯食わされた。

目が慣れると、温室に満月の光がさしているのがわかる。その月明かりを受けて光る、青い花。

ふたりで植えた、ヒスイカズラだった。

いつも昼間に来るから知らなかった。満月の夜の温室が、ここからの眺めが、こんなに美しいなんて。

温室のガラス越しに映る満月に照らされ、ヒスイカズラの花は宝石の房のように見事に垂れ下がり、青い光を放っている。池にも月の光が落ちて、あたりはせせらぎの音が響くのみ、世界が終わったような静けさだった。

ヒスイカズラの根は繊細で、温度や日照条件の変化にも弱く、植え替えを嫌う。これだけ根を張ってしまったら、もう移植はできないだろう。このヒスイカズラは、この温室とともに滅びゆく運命にある。今年を限りに、この花は見られなくなる。これが最後の花だ。

あの日ふたりで植えた苗が、こんなに綺麗に咲いたんだな、と岩子は思った。

七星がガランガランと何かを足で引っ掛けて、「痛っ」なんて言いながら、暗闇の中をこっちへやってくる。

「箱の中身、すみません。事務所に急いで確認をとってもらったんですが、その箱でお間違いはないようです。伝票を貼ったのもご本人でしたし、荷物の取り違えということもないかと……」

申し訳なさそうに言っている。

「あの、暗くしても箱に変化はないですよね……。わたし、考えたんですが、中身、ドライアイスみたいなものじゃないかなって。いや、ドライアイスじゃないんですが、気化して消えちゃうたぐいの何かだったのかも。どうして消えてしまったんだろう……」と考え込む。

「それか、メッセージが隠されているのかもしれません。空箱の〝か・ら・ば・こ〟で、例えば、〝か〟が肝心かなめの、で」七星は必死で何かを考えている。

「〝ら〟が……」らで始まる言葉がなかなか出てこないようだった。「〝ら〟が、ライオンのように」

「何だそれ。〝肝心かなめのライオンのように〟って……」思わず笑ってしまった。

まだ七星が、荷物が空だったことを気にしているようなので、言ってやる。

「広之からのメッセージは、もうちゃんと受け取ったから、大丈夫。七星さんは何も気にしないでいい。役目をちゃんと果たしてる」

「えっ、メッセージって、いつですか？　どこで？　どうやってです？　どんな内容の？」

「それは内緒」

「教えてくださいよ、気になるじゃないですか。えっ、どこに？　地面ですか？」

笑って教えない。これは、世界で自分と広之だけの、ふたりの景色だから。岩子は隣の空いている椅子に、そっと手をやった。

ヒスイカズラの花言葉は、――わたしを忘れないで――だ。

第卄話

わたしの七人の魔女

ドアを挟んでの攻撃と防御――と言うと物騒だが、なんとかして荷物を渡そうとする女宅配人と、絶対に受け取るまいとする受取人の間の空気はぴんと張り詰めていて、見る人が見れば、ドアを使った新しい武道の試合のように見えただろう。この古くて何もかもが安っぽいアパートのドアを閉めるのが先か、荷物を渡すのが先か。そんな玄関先の攻防が、もう何分続いているのか。この天国宅配便なる宅配便の女は、とにかく諦めが悪かった。

話は少しさかのぼる。

森山《もりやま》亜美《あみ》は休みの日に目を覚ましてから、何もせずに、ただロフトに寝転んでスマホを眺めていた。工場のアルバイトがきつく、普段は家に寝に帰るだけで何もできない。起きても疲労が目、腕や腰、脚にまでも溜まっていて、疲れが抜けない。このワンルームにひとり暮らしなので、洗濯に掃除、やらなければいけない、こまごまとした家事は山ほどある。それでも、亜美は起き上がることができず、スマホの細かい字を目で追っていた。有名人の離婚やタレントの不祥事、かわいい動物動画や、レンジでできる簡単レシピ、新しいカフェに流行りもの、何にもさして興味は無いのに、もう何時間もスマホの中の、細切れの情報をスクロールさせている。

そろそろ起き上がり、顔を洗って、空気を入れ替えるために窓を開け、洗濯機も回さなければ、と頭ではわかっているが、動けない。もうそろそろ昼だ。数日分のコンビニ弁当の空箱が、机の上に山をなしているのが目に入る。たまの休みにショッピングに行きたいとか、映画を観たいとか、そういう欲も、もはやなくなっていた。こうやって休みをただ寝て過ごしていること自体に罪悪感を覚えて、またスマホの中の文字に意識を戻す。情報を頭にどんどん流しこんでいけば、何も考えなくて済む。

そのとき、ピンポン、と呼び鈴が鳴った。

そのまま寝たふりを決め込もうかと思ったが、またピンポン、と鳴る。

亜美は、布団から自分の体をはぎとるようにして起き上がり、とりあえず出るだけ出ようと思った。用が終わったらそのまま、また寝転んでスマホの続きに戻ろうと、ロフトのはしごを一段一段降りる。安アパートはこれだから嫌なのだ、大きい所だったらオートロックもあるし、宅配ボックスくらいついているだろうに。

ドアスコープから見ると、どうやら宅配物が来たらしい。宅配人は女だった。

薄くドアを開けてみる。

「……はい」

宅配人の女は、すらっとして背が高く、ショートカットの髪を耳にかけている。

「こんにちは、こちら、森山亜美さんのお宅でしょうか」この宅配人の明るい声が、妙に頭に響く。

「そうですが」

宅配人の女は、「わたくしども天国宅配便は、ご依頼人の遺品を、しかるべき方のところへお渡しするという仕事をしております」と続けた。「つきましては、二色《にしき》テツ子《こ》さんから、森山亜美さん宛に――」

二色テツ子。

その名で一気に思い出す。小柄なのに、声がものすごく大きなあの女を。しわくちゃな顔に真っ白の白髪がかぶさっていた。前のめりに曲がった背中、部屋でいるときは、その背中に、くすんだピンク色の毛糸のショールをかけていた。よく演芸番組を見て、静かに笑っていた。記憶の中の、その白髪頭が振り返る。

――亜美――

――亜美や――

その呼び声を思い出しそうになった瞬間に、亜美はもうドアを閉めようとしていた。

「あの！　すみません！　すみません！　これ二色テツ子さんからの、大事なお届け物で」

などと言いながら、宅配人が必死に食い下がろうとしてくる。

「そういうの、もう、いいです……」ドアを閉めかけるのを、手にした封筒を差し出すようにして止めようとしてくる。

「でも！　二色テッ子さんの最期の贈り物なんです、見てくださるだけでも。お願いします！　お願いします！」

「もう、あの人とはなんでもないです。わたしとあの人とは、はっきり言って、赤の他人ですから」

「二色テッ子さんは、わたくしどもに依頼する際も、どうかお願いしますと何度も言っておられました。この封筒を、必ず森山さんに届けてくださいと。森山さん、わたしからもお願いします。少しでも、中を見ていただけないでしょうか」

お願いします！　と必死になって頭を下げて、この宅配人は粘ろうとしてくる。なんなの？　これって押し売り？　押し宅配？

数分の攻防が続いたのち、亜美は何もかも面倒になって、これでこの宅配人が帰るならと、封筒を受け取って開けた。

中に入っていたのは、厚紙が二つ折りになったカードだった。表面に色とりどりの花の型押しがしてある。開けて、一番に目に飛び込んできたのは、〝招待状〟の文字だ。その招待状の文面には、ある日時と、住所とが書いてあった。どうやら、どこかに行き、そこで何かを受け渡ししたいらしい。

　何の冗談だろう。

　指定されたその日は、平日で、もう工場のアルバイトを入れてある。誕生日でもなければ、何かの記念日でもない。

「読みました。これでいいですね。帰ってください」

　亜美は、この宅配便の女が帰るなり、この招待状はふたつに破ってゴミ箱へ直行だ、と思っているのだが、まだこの宅配人は帰ろうとしない。あとでクレームを入れてやろうと名札を見ると、七星、とある。

「あの、依頼人の方は、森山さんに大事なものを受け渡ししたく、そのための招待状だとおっしゃっていました。あの……森山さんは、この日、来られそうですか」

　目が大きいと表情も隠しづらいのか、七星は、この日、来られそうですか？　いらっしゃいますよね？　来ますよね？　と言いたげな表情でいる。

　亜美は、大きなため息をついた。「わたし、行かないです」

　七星は悲しそうに視線を落とした。なぜか、自分が悪いことをしているような気になってくる。貴重な休みの日の時間を、邪魔されているのはこちらなのに。

七星の様子から察するに、どうやら依頼人の二色は、細かい事情を、この天国宅配便なる宅配人に話さなかったらしい。しかし、この七星は、亜美が〝わかりました、行きます〟と言うまで、絶対に帰らないような気がする。たとえ、バタン！　とドアを勢いよく閉めて拒絶したとしても、この七星はドア前で何時間も居座りそうな、謎の気迫を感じるのだ。

七星に諦めて帰ってもらうために、亜美はあるアイデアを思い付いた。

「じゃあ。あなたがこの招待状の謎を解いたら、わたしは行く。謎が解けなければ、わたしは行かない。これでいいですか」

絶対に、当てられない自信はあった。

「――わたしたちの関係性は、何でしょう」

亜美は、くるりとカードを裏返す。そのカードの一番下には、二色テツ子、千葉《ちば》節子《せつこ》、成《なり》田《た》トモエ、福崎《ふくさき》市子《いちこ》、小泉《こいずみ》ちえ、池内《いけうち》美和《みわ》、上野《うえの》ゆき、最愛の亜美へ、七人の魔女より。と書いてある。

その〝魔女〟という言葉を目のあたりにしたとき、亜美の脳裏に最初に浮かんだのは嫌悪感で、その次は怒りだった。なんだこれ。何が七人の魔女だ。ふざけるのもいいかげんにしてほしい。自分達がわたしに何をしたのか、思い出しもしなかったのだろうかと。そうでなければ、魔女なんて、こんなふざけた名乗りはできないはず。

魔女は、暗い森の中、生贄《いけにえ》を捧げて魔術をかけると聞いたことがある。その昔、あの七人の魔女たちの生贄になったのは、このわたしだ。亜美は激しい怒りに呑まれそうになりながらも、一方でなぜか、おとぎ話の一節を思い出していた。

――良い魔女たちは、生まれたばかりの姫に、魔法の贈り物を授けました。一人は美徳を、一人は富を、もう一人は礼節を、そんなふうに、人がこの世で望む、すべてのものを授けていきました――

「え？　七人の……魔女？」

案の定、招待状の送り主の名前を見て、七星が驚いている。

「この人たちはわたしの何なのか、わからなければ行きません」

〝あの女たちが、わたしの何だったのか〟、そんなもの、当の亜美自身だってわからないのだ。ただの配達員の七星にわかるはずがない。

「そんな！」

七星は必死になって考えこみ始める。七星の声はよく通るのか、アパートの三つ隣の口うるさいババアが、何か言いたげに、つかつかとこちらにやって来たので「とりあえず、中、入って」と玄関の扉を大きく開けた。

七星は「ありがとうございます！」とハキハキ言ったが、すぐに自分の回答によって、荷物の受け渡しが完了するかしないかの瀬戸際であるということを思い出したのか、真剣に考え始める。

　ひとり暮らしのこの部屋に、誰かを招き入れたのは初めてだった。机の上の弁当の空箱をゴミ袋に全部入れて口をしばった。

「ところで、わたしの居所をどうやって知ったんですか」

「はい、それも二色さんが、こちらの電話番号にかけたら、今の居所はわかるからと言われまして」

　亜美がここで暮らし始める前、お世話になった人に、先に話を通しておいたらしい。勝手なことを……。

「二色さんから、どこまで聞いてます？」

「二色さんが、大事な人に渡したいものがあると。それで、所定の時間に招待状を持って、アパートへ行くようにと言われました」

　なぜか、二色は――二色たちは、この天国宅配便に、詳しい事情を伏せたまま依頼したらしい。自分たちがしたことを思えば、言えるはずもなかったのだろう。

　七星は、言葉を選ぶようにして、ゆっくりと話し始める。

「わたくしども天国宅配便は、間違った方に荷物をお渡ししないように、事前に調査を行います。最初、二色さんのお話を伺ってすぐは、二色さんと森山さんの年齢差からして、実のお孫さんかなと思ったんです。でも、お話をよくよく伺ってみると、かつて、〝孫のようにかわいがっていた子〟〝二色さんの家の近くに住んでいて、よく一緒に過ごした子〟だと、二色さんが説明なさって。調査の結果でも、二色さんは、周囲の人からは身寄りがないと思われていましたし、実際もそのようでした。まあ、血縁関係はなくとも、森山さんが、二色さんの〝大事なお孫さん〟であることには変わりはありませんから」

　大事な孫ねえ？　亜美は、ふっと鼻で笑っていた。

「じゃあ、さっきの謎、解けましたか。その二色さんと、わざわざ連名で送ってきた他の六人と、わたしの関係が何か」

　言いながらも、いや、何かがおかしいと、亜美は、この招待状の違和感に気づいた。この七人が連名でというのは、よく考えたら、ありえないはずだった。誰一人として、お互いに面識はなかったはず。生活環境も違えば、趣味もまったく違う七人だ。なのに、この招待状では連名となっている。この招待状、いったい何なんだ？

　その間も、七星は招待状を手にとって、真剣な顔で何分も考えていた。突然、ひらめいた！　と言う。「わかりました。二色さんも森山さんも〝魔女〟というカフェの常連だった」

　そんなわけないだろうが。「違います」

「あの。魔術とか趣味な人ですか？」どんな趣味だ。「違います」「全員魔女っ子アニメのファンだった」「そうともいえないです」「魔法マニアの人とか」「そんな趣味はありません」

いつまで続くのかと思ったが、七星はまだ真剣に考え込んでいる。そろそろ帰ってほしい。

「どうだっていいじゃないですか。荷物届けたんだから、もうそれでいいでしょ。役目、終わってますよね？　いちいち仕事にそこまで入りこんできつくないですか。それとも、そんなに仕事、暇なんですか？」

嫌味のひとつでも言いたくなる。たかが宅配の仕事に、何をそんなにムキになっているんだろう。

七星はまっすぐにこっちを見ていた。亜美は目を逸らそうと思ったが、できなかった。この七星からは妙な気配がする。死人の荷物ばかり運んでいると知ったせいだろうか。そんな不吉な仕事をする方もする方だ。生前に依頼されたものと知っていても、その手にある招待状は、本当についさっき、あの世から届いた招待状に思えた。

「この招待状は……贈り物は……二色さんの、人生最後の願いであり、祈りです。弊社を使ってまでも、森山さんにどうしても伝えたかったことなんです。きっと、森山さんにとっても、大切なものであるはずです」

七星が手元の招待状をじっと見つめる。

「わたしのせいでお渡しできないとなったら、二色さんに、なんとお詫びしていいか……何か、とても大切なこと、どうしても伝えなければならないことだったかもしれないのに……」

と言って、泣きそうなのを、ぐっとこらえた顔をする。

天国宅配便。なんて面倒な宅配便なんだろう。受けとる側にも事情があるというのに。本当にもういいかげん帰ってほしい。

「それにしても、こういった依頼は初めてです」七星は、招待状に目を落としながら言う。

「依頼主である二色さんは、連名での贈り物であることを、わたくしどもに打ち明けることなく、依頼なさいました。だからてっきり、一対一の受け渡しだと思っていたのです。規約上、連名でのお渡し自体は問題ありません」

「依頼料を節約したかったとか？」

「それはありません。この場合、受け渡し自体は一回となりますので、一名でも、連名でも依頼料は変わりません。二色さんには、何か、連名であることを、隠さないといけないような理由があったのでしょうか……。森山さんは、心あたりはおありですか」

七星がいきなり訊いてくる。

「心あたりなんて、あるわけないじゃないですか」

「それでは二色さんだけでなくて、七人の方が、連名の招待状を送ってきた。この七人は全員魔女で、森山さんに何かメッセージか、何かのプレゼントを贈りたがっているとしましょう。二色さんを含む、この七人は、魔女友達同士なんですよね？」

「魔女友達……？　いや、七人とも、わりと近くに住んでいるけど。友達かどうかまでは」

　やっぱり、どう考えてもおかしい。あの七人は、お互いに面識のなかった女たちのはず。連名で招待状が届くことはありえない。

「正直、わたしにもわからないんです。なんであの七人が、今になってこんなものを送ってきたのか」

「あの。直接、訊きに行きませんか」

　突然、七星が言う。

「え？」

「二色さんはお亡くなりになっていますが、他の六名の方までは、わたくしどもも把握してはいません。二色さんが依頼の際に、他の六人の魔女さんのことについて、あえてお話しにならなかったのは、もしかして、依頼の条件に外れると思われたからかもしれません。わたくしどもは、お亡くなりになった方の遺品を運ぶ宅配便です。ということは、この六名の方々は、生きておいでかもしれないということです」

つまり、今、存命の女もいるかもしれないということだ。亜美の心に浮かんだ、ある思いを振り払う。

「じゃあ二色さんは依頼のとき、宅配便に嘘ついたってこと？」

「嘘とまでは言いませんが、あえて伏せておいたのかも。何か深いわけがあるのかもしれません。ところで、今日ってお休みですか」七星が唐突に訊いてくる。

「まあ……休みと言えば、そうですけど。でも忙しいから。シーツとか枕カバーの洗濯とか、いろいろあるし」

「それはよかった、一日あれば大丈夫です」

「え、忙しいんだって、聞いてましたさっきの話？　一日って簡単に言いますけど、この人達が住んでたのはわたしの地元の町で、ここから電車とバスをいっぱい乗り換えたりして、だいぶ遠いんです。田舎だから、バスとかの本数もすごく少ないし、一日ではとても……」

七星は元気よく「では五十分後にお迎えに参ります。あ、すみませんが、着替えて、長袖と長ズボンでお願いしますね。なるべく厚着で」と言って帰っていった。

なんなんだあの人。

なんなんだあの宅配便。

そろそろ五十分経つな……と思ったら、外の方からドドドドという音が大きくなってくる。

まさか？　と思っていると、呼び鈴が鳴る。ドアを開けてみれば、七星がヘルメットを二個携えていた。

「それでは参りましょう」と、ひとつ、ヘルメットを手渡される。

　アパートの階段を下りると、普通のバイクより二まわりくらい大きな車体、メタリックな赤に、空気の流れに邪魔になりそうな部分は全部削ぎ落としたような形のバイクがそこにあった。

「え、もしかして、これ、乗るの……」

「すみません、社用車の方は、弊社社長が、ただ今宅配で使っておりまして。おつかまり下さい、いつにもまして安全運転で参ります」と七星が巨大なバイクにまたがる。

「いやわたし、こういうの乗ったことなくて」

「そうですか、まあ大船に乗った感じの気持ちでいてくだされば大丈夫です」

　こわごわまたがったら、バイクはそろりそろりと動き始めた。このぶんなら大丈夫かな、と思ったらどんどん加速していく。

　高速道路をバイクでふたり乗りするのは死ぬかと思った。七星の運転は丁寧だが、エネルギーの塊が膝の間にあるみたいで、気を抜いていると吹っ飛ばされそうだ。よくよく考えてみれば、時速八十キロで宙を飛んでいるみたいなものだ。車とは全く違うスピード感に心臓が縮み上がる。ちょっと内またの力を抜くだけで、生身の身体が地面に激突して命がなくなりそうな気がする。

　高速を降りて、スピードが緩やかになり、やっと一息付けた。しばらく下道を走っていくと、見覚えのある通りが見える。この地が故郷と言えるかどうかはわからないが、過ごした時期が長いのはここだった。身体全体に力が入っていたのか、節々がなんだか痛い。わりに暖かい日だったけれども、もこもこしたダウンジャケットを着てきて正解だった。

　そのうちに、見慣れた三叉路や交差点が見えてきた。もう二度と戻らないと思っていたあの町だ。もう今さら、なんともないと思っていたのだが、やはり目にすると心の奥が疼《うず》いた。

　信号待ちで、前の七星に聞こえるよう、叫ぶように話す。

「で、どうやって魔女たちを探すつもりなの？　六人いるけど、その人たちのことは名前以外、何もわかんないんでしょ？」

「えーと。二色さんのご住所の近くから、この手紙を見せて回って、それでこのお名前に、心当たりがある人がいないかって、訊いて回るつもりでした！」

　そんなの何日かかるか、わかったもんじゃない。面倒くさすぎる。あきれて、仕方なく亜美は口にした。

「わかりました。じゃあ、わたしが知ってる、昔の家を訪ねてみるから！　道は教える」

「ありがとうございます！」と七星が言って、バイクがぐうんと加速する。

通りのラーメン屋が変わっている。喫茶店はまだ潰れていない。中古車の販売店に、車が並んでいるのはそのままだ。公園には、塗装の剝げたパンダがまだいる。桜の季節にはまだ少し早く、硬そうなつぼみが見える。

七星に道を教えると、バイクは言われたとおりに角を曲がった。

鼓動が速くなる。

「ここ……のはず」と言ったものの、さした指に自信はなかった。よく見てみれば、そこにあった古い家は、まとめて真新しい分譲マンションになっていた。こんなマンション見たことない。きっとあとから建てられたものだろう。

バイクを降りて、七星とマンションを見上げる。自分の中の記憶と、今見ている景色とのずれで、なんだか夢の中の映像のように、現実味がない。ここに、本当にあの家は存在したのだろうか。

「この……マンションですか」

「いや。昔はこのあたり、三軒並んでボロ屋が建ってた。奥もそう。ここに住んでいたのは千葉さん……」

七星は、さっさと向かいにある古い八百屋に入っていった。「あのー、もしかして、お向かいの千葉さん、ご存じですか」と、ハキハキ声を掛ける。

「わたくし天国宅配便の七星と申します！　千葉さんに、連名で招待状をいただいていて、ちょっとお話伺えたらなと」

　すると八百屋のおばさんは、「あらー、お向かいの千葉さんねえ。お亡くなりになったのよ……もうだいぶ前よ……そうねあれは……ええと、六年も前」と記憶を辿るようにして言う。こちらにちらりと視線をよこしたが、覚えていないのか、すぐに視線を外した。

「そうでしたか……」

「千葉さん、お亡くなりになる前にさあ、予感みたいなものがあったらしいのよね、ちょっと待ってて」と、八百屋のおかみさんは、店の裏手に回った。

　戻ってくると、手に一抱えもある植木鉢を持っている。その植木鉢には見覚えがあった。

「この植木鉢を持ってきて、どうか自分の代わりに育ててくれないかって何度も頼まれて。うちは鉢植えは無理よう、って言ったんだけど、これだけは、どうかどうかって手を合わせて頼んでくるから、仕方なくね。このツツジの鉢植えなんだけど」

「植木鉢、可愛いですね」と七星が言う。細かいタイルを張り合わせて、モザイクみたいに作ってある。太陽がニコニコ笑っている柄だった。

「よっぽどそのツツジが大事だったのかしら」と、八百屋のおかみさんは言いつつ、また裏手に植木鉢を戻しに行った。

八百屋のおかみさんに礼を言って、バイクに戻る。他の家は歩いて行けるので、駐輪場にバイクを停めて行くことにした。

「千葉さんは、お亡くなりになっていましたね……」と七星が言う。

「じゃあ、今度はこっち」と歩き出すと、七星もついてくる。次は、福崎の家が近い。

行くと、そこにはツタが絡み放題に絡んだ廃屋があった。二階はもう潰れかけている。七星が黙ってその廃屋の前に立つ。もう使われていないことは一目でわかった。

亜美は少し考えて、ツタを払いのけ、玄関の脇にあった、植木鉢のひとつを持ち上げた。

昔のまま、鍵がある。

おそるおそる扉を開けると、ずっと入れ替えていないような、よどんだ空気の臭いがする。

土足で上がるかどうか少し迷った。床はささくれ、ところどころ陥没している。靴を脱いで入ったら、足の裏に怪我をしそうだった。

「おじゃまします……失礼します……」と七星も言いながら、とりあえず靴のままで玄関に上がる。中には、今から四年前のカレンダーが、かけられたままになっていた。

ここにあるのは、死の気配だけだった。誰からも忘れ去られて、朽ちていく途中のもの。

七星が、壁に貼ってある絵を眺めている。「〝おばあちゃんありがとう〟って、書いてますね」とつぶやいた。大きく口をあけて笑っている、おばあちゃんと女の子の絵。

七星が合掌してから家を出て来る。元通り鍵を閉めて、亜美は鍵を植木鉢の下に置いた。

次の上野の家も取り壊され、新しい家になっていて、成田の家には別の住人が住んでいた。周りの人に聞くと、成田も亡くなっていた。招待状を依頼した二色がもう亡くなっているということは、あと残るは二軒のみとなる。

「そうか……みなさん、お亡くなりになっているんですね……」と、七星がしんみりとした顔をした。

「言ってなかったけど。わたしね、力があるの」

「力？」

「それは、かかわる人たちが、死んでしまうという魔女の力。七星さんは、わたしが怖くないの……？　わたしは魔女。わたしといると、あなたも……」

七星は青い顔になったが、「大丈夫です！　わたしは、おひさま満腹教《まんぷくきょう》なので！　そういう超自然的な力はききません！」と言いはる。

「何、その、おひさま満腹教って」

「お腹いっぱい食べて、日に当たると、だいたいなんでもＯＫ、という教えです」

などと、七星が大真面目に言い出すので、笑ってしまった。

「次行きましょう」となって、六人目。六人目の池内の家も、更地になっていた。周りの人に訊くと、やはりもう亡くなって、家は取り壊されたとのこと。

残るは、七人目だ。

過去の因縁と、対決するときがやってきた。七人目の魔女が、生きていてほしいのか、そうでないのか、もう自分でもわからない。

対決のその前に、七星の腹がぐうと鳴りだし、ここらで何か食べようかということになった。七星が四角い何かをさし出してくると思ったら、チョコレートだった。七星もひとつ、チョコレートを口に入れた。

そういえば、ずっと頭の中が興奮していたせいか、空腹を感じていなかったが、思い起こせば、朝から何も食べていない。

ちょうど公園があったので、公園脇のパン屋で買ったメロンパンやクリームパン、サンドイッチなどの美味しそうなパンを食べながら、ベンチでぽつぽつ話をする。七星は腹が空いたのか、パンを五つも買っている。

「六人の魔女のみなさんは、話を聞くところによると、けっこうどなたも年配の方たちだったんですね……意外です」と七星が言う。

食べている間の沈黙を埋めるように、亜美は話した。

「わたし、昔、演劇の世界に入るのが夢だったの」

「どうりで。さっきの〝力〟のくだりは、わたしが、おひさま満腹教でなかったら、危なかったですね……」などと言い、七星は大きくサンドイッチをかじる。

「演劇の中でも、ずっとミュージカル俳優を目指していて、レッスンも受けたりしてた」

「ミュージカル。いいですよね、華やかで。レ・ミゼラブルとか、ライオンキングとか」

七星は、今までに観たミュージカルを思い出したのか、楽しそうに頷く。

「でもね、結局、ミュージカル俳優になりたくて、後からどんなに練習したって、子供のころからレッスン受けてる子には勝てないんだなってわかった。だって、もう、スタートラインから違うし。演技だってそう。子役の事務所に入ってた子もいるしね、歌やダンスのレッスンだって、レッスン歴が全然違う。なんだ、結局、ミュージカル俳優になれるかなれないかは、どんな家に生まれたかっていう時点で、もう大体決まってるんだ、って思ったとき、レッスンを続けるのも、オーディションを受けるのも、何もかも、辛くなっちゃって……」

「そうでしたか……役者さんになるのも、大変なんですね……」

七星は、サンドイッチをかじるのを止めて、じっと聞いている。

「まあ、昔から生活に余裕もなかったしね。そんなときに行くところと言えば、図書館」

「図書館？」

「とりあえずは時間が潰せるから。そこでじっくり人間観察もできるし」

当時のことが頭の中に蘇って、亜美は無意識のうちに手を握りしめていた。冷たい汗がにじむ。いつもは、あの頃のことを思い出しそうになったら、数字を数えて、頭の中から追いやるようにしてきた。それは、誰にも話したことのない記憶だった。

隣で四つ目のパンを頬張る七星に、なんだか朝からペースを崩されてばかりだ。この公園の風景のせいだろうか、初めて乗ったバイクのせい？　いや、もう五つ目のパンを食べようとしている七星のせいだろう。

「……そうしたらね、決まった人がよく来ているのがわかる。その中から、おばあさんを見つけだして、声を掛ける」

「ナンパ……みたいですね」

「似たようなもんよ。狙うのはひとり暮らしのおばあさん」

七星が不思議そうな表情になる。

「えっ、なんて声を掛けるんですか」

「〝今だけ、わたしが孫になってもいいですか〟って」

「めちゃくちゃ怪しいですね」

七星があまりに率直に言うので笑ってしまった。たしかに怪しい。

「まあ警戒されるかな、最初は。でもいろいろとしゃべっていくと、ちょっと打ち解ける。〝わたし、家族はいろいろあって忙しいし、おばあちゃんもいないし……〟ってね。寂しそうな表情で、身の上話を軽く」

「あやしい」

「まあ実際怪しいですけどね、それで何回か顔を合わせるうちに、仲良くなって、まあお茶でもいっしょに、と誘われる。そのうちに、ご飯でも食べていきなさい、となる」

「ほうほう」

「話し込んで、今日は遅いから泊まって行ってもいいよとなる」

「……へえ？　泊まるんですか？」

意外に思ったのか、七星は、手元のサンドイッチを忘れたように、こちらをじっと見ている。

「おしゃべりしながら泊まるんです。またいつでも来ていいよって言われる。これで月曜日は決まり」

七星が、訳がわからないというように、首をかしげる。

「なんですその曜日って？」

「だから、わたしは月曜日の孫」

「月曜日だけなんですか？　例えば、二日とか三日とか、続けては泊まらないんですか」

「そこがミソなの。孫というか、他人が、一週間いたらそりゃしんどい。合わない部分も出て来る。でも、たったの一日なら新鮮でいられる。お互いに」

「なるほど……」

「そんな風にいろんな場所へ行って、月、火、水、木、金、土、日の担当を決める。そうなると、月曜日にサヨナラして次は火曜日のお宅へ。次は水曜日のお宅へ、ただいまーって。そんな風に日替わりで暮らしていたら、お金には余裕ができた。食費も浮いたしね」

　七星はめちゃくちゃ驚いたようだった。「のら猫……みたい、ですね……」

「もちろんね、電球替えたり買い物手伝ったり、おばあちゃん家の、一週間分の用事を全部済ませちゃう。それでいろんな話を聞くの。若いころの大恋愛とか、勤めてたときの武勇伝とかね。もう五十回聞いたよって話もあるんだけど、へえー、って相づち打って。そんな生活が二年くらい続いて」

「たくましいです……。そうやって、ずっと家を移動して生活して、疲れませんでしたか」

　七星は目を見開いて言う。

「別に。あんまり自分の家には帰りたくなかったから。まあ、今思えば、演技の勉強にはなったし。それぞれに理想の孫像があるから、その理想に沿うようにちょっと口調を変えたりとか。でも、なんだろ。演技に詳しい人に言わせてみれば、わたしの演技は、破綻なくできてるけど、哀しい場面でも、魂が泣いてないってよく言われた。わたしは、やっぱりどこかが欠けてる人間なのかもしれない。スターになるには、その何かが必要なのに、わたしには手に入れられなかった。どんなに努力したって、後からは身につかないものがあるんだろうって、今は思う。結局、今はもう、ミュージカル俳優を目指すこと自体、諦めちゃった」

何度も何度も練習した、あのおとぎ話「いばら姫」のフレーズが蘇る。

――こんにちは、おばあさん。そこで何をしているの――

――糸をつむいでいるんだよ――

「でも、いい魔女――というか、おばあちゃんたちに囲まれて、よかったですね」

心の奥が疼く。いつまでも消えない痛みだ。

「最後までいい人だったらよかったけどね。飽きたらポイよ。〝いいかい、今から二度と家に来ちゃいけない〟って、わたしは突然捨てられたの。一人だけじゃなくて、おばあちゃんたち全員にね。いいかげん面倒になって、厄介払いをしたかったんだと思う」

「そうだったんですか……」七星はようやく、亜美が、なぜ招待状を受け取らなかったのか、なぜ約束の場所に、行きたくないと言ったのか、納得したようだった。

「今となっては、最後の一人もくたばってたら、どうしようってことだけ考えてる。誰か生き残ってたら、わたしが、〝今さらいい人ぶるなんて最っ低〟って、あの人たち全員が、わたしにした仕打ちを、つきつけてやりたかった」

自分がどれだけ傷ついたか、思う存分知らせてやれたのに、と思う。

「すみませんでした。そんな事情があったなんて。七人目は、わたしが代理でお伝えしてきましょうか」七星が、気を遣って訊いてくれる。

「いい。ここまできたら、わたしも面と向かって言ってやりたい」

「亡くなっていたら、どうしましょう」

どうすればいいんだろう。この宙ぶらりんな気持ちは。どこへぶつければいいんだろう。

食べ終えてから七星と向かったあの家――小泉の家は、まだあった。表札もそのままだ。

風呂なしアパートだったから、よく銭湯に行ったのを覚えている。面倒なときは流しにお湯を出して、身体を拭いた。ベランダなんてしゃれたものはなかった。庇がちょっとだけあって、鉄の柵に、洗濯物や布団を干すのをよく手伝った。上に三軒、下に三軒並んだ、今にも潰れそうなアパートだ。

二階に上がると、カンカンと足音が鳴った。その音まで昔と変わっていない。

七星が、小泉の家の呼び鈴を押す。何度押しても出てこない。「小泉さん、こんにちは！

天国宅配便です！　こんにちは！」と、ノックしながら声を掛ける。

すると、隣のおばあさんが、「え？　お隣の人、小泉さんだったら、もうとっくに亡くなってますけど？」と顔を出して、教えてくれた。

「そうですか。ありがとうございます」七星が礼を言い、ふたりで階段を下りる。

「七人の魔女さん、全員とも、もうお亡くなりになっていたとは……」と、七星が沈んだ声で言った。

　ふたりでアパートの、小泉の部屋をなんとなく眺める。

　このアパートも、よく見れば、入居者はもうあまりいないようだった。時間が止まったように静かだった。鉄の柵や階段の手すりは錆びついていて、強く摑んだら折れてしまいそうだ。粗大ゴミが山をなした部屋まである。

「わたしのことを通報したのが、この、小泉さんだった」

聞いていた七星が、はっとした顔をしたのがわかった。

「えっ？」

何かの聞き違いかと思ったらしい。

「え？　通報？　ですか」

「児童相談所にね」

そうだ。小学校の四年生くらいから母親は金だけ置いて、ずっと家に帰らなかった。たったひとりの家で、辛くて仕方がなかった。置いてあるお金だってぎりぎりで、いつも給食以外ではお腹いっぱい食べられなかった。しだいに友達の家でも煙たがられるようになって、どこにも行けなくなってしまった。先生に言えば母に殴られる。誰にも相談できなくて、ひとりで安売りのカップラーメンばかりかき込んでいた。電気が止められて、ラーメンを真っ暗な部屋で、お湯をかけずにかじってしのいだこともある。学校のみんなが楽しみにしている夏休みや冬休みは、給食がないためにひもじくて地獄だった。家はゴミだらけで、ゴキブリが這いまわっていた——

おばあちゃんたちに出会ってから、毎日がどれほど楽しかったか。

月曜日、二色のおばあちゃんは民謡が好きで、合いの手を入れたら上機嫌でいろいろ謡ってくれた。今でも覚えている唄もある。火曜日、千葉のおばあちゃんはお花が好きで、家中がいろんな花であふれていた。水曜日、成田のばあちゃんはとにかくおしゃれで、着物をリメイクした洋服をいつも作ってくれた。端切れで髪飾りもたくさん作ってくれた。木曜日、福崎のおばあちゃんは大阪出身でお笑い好き、面白いネタをたくさん披露してくれて、げらげら笑った。金曜日、小泉のおばあちゃんはいちばん厳しくて、宿題が終わるまでおやつは禁止だったけど、宿題が終わると、「よろしい。よく頑張りました」と、いっしょにおやつを食べた。土曜日、池内のおばあちゃんは、昔はすごい美人だったらしくて、プロマイドまであって驚いた。女は姿勢で美しくなる、というのが口癖で、日舞を習った。日曜日、上野のおばあちゃんの家では埋もれるくらい、いろんな本がいっぱいあって、おすすめを訊いたらなんでも出してくれた。

　いつまでもこんな日が続けばいいと思っていた。

おばあちゃんたちが、心の底から大好きだった。

以前は学校の工作の時間は好きじゃなかった。どんなに心をこめて作っても、喜んでくれる人なんて、ひとりもいなかったからだ。でもある日、工作で作ったお日さまの絵の鉢を、花好きの千葉のおばあちゃんにプレゼントしたら、千葉のおばあちゃんはすごく喜んで、一番お気に入りのツツジを植えてくれた。ずっと大事にするよ、と言っていた。

　またある日の帰り道、福引の券を拾って、引いたらちょうど三等のお菓子詰め合わせをもらった。そのお菓子を七等分して、おばあちゃんたちと一緒に食べようと思った。池内のおばあちゃんは、辛いのが好きだから甘くないものを、とひとりひとりの顔を思い浮かべながら、お菓子をわけた。おばあちゃんたちはかなり切りつめた生活をしていて、お菓子を食べることはほとんどなかったから、喜んでくれるはずだ。ただ、おばあちゃんの喜ぶ顔が見たかった。

その日は小泉のおばあちゃんの家の金曜日だったから、おばあちゃんの好きそうなお菓子を準備して、いつものように「ただいま」と帰ろうとした。すると男と女、ふたり連れの、知らない大人に声を掛けられた。「森山亜美ちゃんかな」と。

それが、〝児童相談所〟という所の人だと知って、わたしには関係のない話だと思った。

「すみません。今から帰るんで」と、適当にあしらおうと思ったら、小泉のおばあちゃんの家に行かせないように邪魔してくる。亜美ちゃん、いっしょに来てくれないかな、というのを振り切って、走って小泉のおばあちゃんの家まで行った。あの階段を上ったのだ。あの日も、カンカンカンカン！　と音がした。

「おばあちゃん！　開けて！　助けて！　変な人が来てる！」

鍵がかかっている。

いつもだったら、絶対開いているはずの扉が開かない。

「おばあちゃん！　助けて！」

どんどん扉を叩いた。

いつも、道の所まで出てきてくれているはずの小泉のおばあちゃんが、今日は扉を閉めて、鍵までかけている。

でも小泉のおばあちゃんはいつだって守ってくれた。地震のときだって、アパート全体がミシミシいったときも、布団を上からかけて、自分の身体で守ってくれたのだ。

「おばあちゃん！　開けてよ！　亜美だよ！　おばあちゃん！　おばあちゃん！」

――いいかい、今から二度と家に来ちゃいけない――

そう、小泉のおばあちゃんは言っているようだった。

今までもそうだった。親切にしてくれていた家の扉が閉ざされて、扉ごしに冷たく言い放たれるのだ。

二度と、扉は開かなかった。

何かの間違いで自分は施設に連れていかれてしまったけど、きっとおばあちゃんたちは、すぐに迎えに来てくれるのだと信じていた。

それでも、おばあちゃんたちは迎えには来なかった。

面会にも来なかった。

誰一人として。

「同級生の友達だってみんな、わたしが来たら、〝今日は忙しいから帰って〟って言って、ドアを開けてくれなくなった。おばあちゃんたちは、みんなわたしに優しかったけど、幸せだなと思っていたのは、わたしひとりだけだったみたい。わたしだけ、何も気づいていなかった。自分はおばあちゃんたちみんなの、迷惑な厄介者だったってことをね。二年も過ごしたら、それなりに飽きもくるに決まってる。だからわたしのことを通報して、見捨てた。結局、最初だけいい顔した、他のみんなと同じだった」

　どんな綺麗ごとを言っても、結局、本当の孫なんかじゃなかったということだ。

　週一とはいえ、金もかかれば、それなりに手間もかかる。ただでさえ年金暮らしで余裕もなく、米をといだ水さえ惜しんで、別のことに使っていたところへ、血のつながりもない、他人の子の面倒なんか見る義理はない。

　血のつながった母でさえ、あんな風だったのだ。他人に期待した自分が馬鹿だった。それだけ幼かったということなのだろう。そうやって、少しの期待もしないこと、希望なんか持ったりしないことを身体で学んだ。誰に関しても。何に関しても。自分の未来にも。

　何を言ったところで、この素直そうな七星にはわからないだろう。きっと両親が揃った家で、電気が止められることに、おびえたりしない毎日を過ごしてきたはずだ。わかるはずがない。日替わりで、すがる相手を変えなければならなかった子供の気持ちなんて。

　昔のことを話したのは初めてだった。アルバイト先で実家のことを話す機会があっても、曖昧にぼかしていた。これ以上、誰も心の中に入ってきてほしくなかったし、関わってきてほしくなかった。

　それをこの七星は、呼び鈴を鳴らし、ドアを開け、玄関先で粘りに粘った。帰ってくれ、と言っても帰らなかった。

調子が狂う。

なんで話す気になったのだろう。きっと、この七星の諦めが、すごく悪いせいだ。

七星は、何を言おうか迷っていたようだった。

「でも……でもですよ。もしも森山さんが言うように、迷惑な厄介者だったとしたら、二色さんは、なぜ天国宅配便をお使いになったんでしょう。二色さんも、他の人たちも、お亡くなりになっています。他の方たちについては、わたしも手紙の内容を今日聞いたところなので、把握していませんでしたが、こんなふうに連名で贈り物をって、あまりないことです……やっぱり魔女のみなさんは、森山さんに何か、どうしても伝えたいメッセージがあるんじゃないでしょうか」

亜美はうつむく。

本当はこの町に来るのは怖かった。ひとりだと、とても来られなかっただろう。

この町にいると、嫌でも突きつけられる。自分が誰にも必要とされていなかったことを、直視したい人間はいない。こんな子いらない。こんな子欲しくない。こんな子いなかったらよかったのに。こんな子邪魔。こんな子、生きてていいことあるの。こんな子、何のために生きてるの。こんな子、早くいなくなってほしい——

「今さら何がわかったところで、過去に戻れるわけじゃなし、おばあちゃんたちが、わたしを捨てたという事実は変わらない。人生の最期に、ちょっとだけいいことした気になって、死にたかったんじゃないの？」

そうだ。今さら過去には戻れない。おばあちゃんたちにどんな理由があったにせよ、どんな言い訳があったにせよ、あのとき、わたしの心は一度死んだのだ。七人の魔女によって。

こんな風に後でつきはなされると知っていたなら、最初から、近づきもしなかった。

図書館で優しそうなおばあさんを狙って声を掛けても、迷惑そうに去られてしまうことが、たびたびあった。この辺りでたむろしている、迷惑な放置子として、亜美はすでに有名だったからだ。おばあさんが多少なりともどこかのコミュニティに属していれば、何らかの情報は耳に入る。だから、自分のことをまったく知らないような、孤独のにおいがするおばあさんばかりを狙った。人恋しいなら、きっと自分のことも受け入れてくれると信じて。

七星と歩きながら、いつの間にか駐車場まで戻ってきていた。

「行ってみませんか、この招待状の場所まで。わたし、ちょっと今から連絡してみます」七星は、もう電話をかけている。「あの、天国宅配便の件で伺いたいことがありまして、ちょっと日にちが違うんですが、今からお伺いして、お話を聞くことってできますか。ハイ、ハイ、ええ、わかりました。それでは今から伺います」

七星はバイクにまたがって、「行きましょう」と言う。

こんな風に、誰かを心から信じることができる七星が、うらやましいような憎いような、やっぱりうらやましいような、複雑な気持ちでいる。七星は、自分とは、まったく違う。

亜美はためらっていた。地面に落ちている葉っぱをただ眺める。

「もういい。わたしがみんなに要らない子だったのは事実だとして、そんな答え合わせ、いまさらしたくない。いくら言っても七星さんにはわからないと思う。育ってきた環境も違うし。だから、わかってほしいとは言わないけど、わたしは今、めちゃくちゃ怖い」

そうだ。怖いのだ。ゴミだらけの真っ暗な部屋で、膝を抱えて震えていたあのころのように。気がついてみれば、誰かに、怖いと言ったのは初めてだった。誰かに弱みなんて見せたら、すぐさま潰れると思っていたからだ。

「二色さんは、依頼のとき——」七星がつぶやく。その目はどこか遠く、二色の姿を思い出しているようだった。

「わたしはこの依頼を、直接、二色さんから受けました。二色さんが、森山さんに対して、何かとても大切な事を伝えなくてはならないと、強く思っていたのは、確かだと思います。そうでなければ、わたしがこんなに森山さんを連れ回すこともなかったでしょう」

七星はそう言うものの、人の心なんて、ちょっと会っただけで見通せるものか。現におばあちゃんたちは、あんなに楽しそうに暮らしていたのに、ある日突然、みんな揃って、わたしを棄てたのだ。

「本当に諦めが悪いよね」

「ここで諦めたら、誰かの遺した思いを知らないまま、森山さんの人生が続いてしまいます」

「それでも、悪くなるよりよっぽどいい。知らなければ、今より悪くなることもないから」

「じゃあ、魔女さんたちを信じるのはまだ怖くても、わたしを信じてみる、というのはどうですか」

七星は大きなバイクにまたがったまま、こちらをじっと見つめている。

亜美は、まだためらっていた。

「行ったとして、やっぱり自分は要らない子なんだって、もう一度突きつけられるようなことがあったら。わたし、もう立ち直れないかもしれない……」

「そのときはわたしがいます」

七星にヘルメットを渡された。

一瞬迷いつつ、亜美はそのヘルメットを受け取る。

「わたしがいますって、言われてちょっと納得しかけたけど、いてもどうにもならないよね？」

「まあそうですが、いないよりはそばにいますから！　行きますよ！」亜美がまたがるなり、バイクは走り出す。


　バイクは車の流れに乗ってすいすい進む。ちょうど二車線で、隣に停まった車の後部座席、チャイルドシートの女の子がこちらに手を振っているので、手を振りかえした。すると、くまのぬいぐるみを持ち上げて、窓のところで見せてくれた。バイクはまだ慣れず、一回一回の乗車が命懸けだなと思う。爆走するトラックがすぐ横を通るときなんか、もうダメだ！となることがある。冗談抜きで、命を預けている感じがする。命を預けるのが、この自分とまったく違うタイプの七星であるということに、納得しない思いがある。何かあったらこの七星と心中じゃないか。

　まあいいか。

　どうせ生きていたって、いいことがあるわけではない。一瞬ではねられて記憶が飛んで星になったとしても、別に悲しむ人間もいなければ、一生を賭けるような夢も、もはやない。

　行き先の町名は、記憶が確かならば、自転車ではとても行けないくらいの場所だ。バスだって一本道では来られないだろう。あの魔女たちが、曲がった背でバスを乗り継いで、どうやって、と思う。なんの酔狂で、そんなことをしようと思いたったのだろう。

近くのパーキングにバイクを停めて、住所を頼りに歩く。

伝統があるといえば響きはいいが、古びた宝飾店に辿り着いた。上島《うえしま》宝飾店という名らしい。その上島宝飾店という金文字が日に晒されて、色がすっかり抜けている。表には昭和っぽい、昔ながらのショーケースがあった。ショーケースには女の人の、首だけのマネキンみたいなものがずらりと並んでいる。その首に、金の鎖や、宝石のペンダントなどが光っている。店の造り自体は古いが、なかなか今風のデザインのものもあった。ショーケースの隅に、【あなたの手持ちのジュエリー、リメイクしませんか】という札がある。

行き先が宝飾店というのは、亜美には意外だった。

「本当にここ？　おばあちゃんたち、みんな年金生活でカツカツの生活だったし、今思えば、そうとう貧乏だったから、こんな宝飾店とか、まったく縁がないと思うんだけど……」

宝石なんて誰も持っていないはずだった。一緒に買い物に行って、卵ともやしをかごに入れ、目当ての総菜に半額値引きの札が貼られるまで、わざとゆっくりおしゃべりしながら、店内を巡って待つこともあった。どの家でも、たいていの冷蔵庫には、ほとんど物はなかった。服は、元服飾系で働いていた成田を除いて、ほとんど着たきりの人ばかり。各おばあちゃんの家に行くのは週一だったけれど、年金なんてたかが知れている。収入は増えないのに、よく食べる小学生が来たら、あたりまえに支出が増える。

今もし自分が、かつての自分のような小学生の面倒を見るならば、と考えてぞっとした。そんな暮らしの余裕はどこにもない。すぐに出て行ってもらいたくなるはずだ。

七星がドアを開けると、白シャツをぴしりと着た男の人が出てきた。

「あ、聞いてます、天国宅配便の方ですよね」

七星よりも少し年上のように見えるが、店主にしてはまだ若い男性だ。

「そしてこちらが、宅配便の送り先の、森山さんです」と、七星が、紹介するようにこちらを示した。するとその男は、何とも言えない顔をして、こちらをじっと見つめてくる。

その男は、この宝飾店の店主である、上島友也《ともや》だと名乗った。

「どうぞこちらへ」と、入り口を閉め、商談用らしき小部屋に通してくれた。壁には、この上島宝飾店ができたころの白黒写真があって、店の前で、ワンピースを着た女主人が誇らしげに立っているのが見える。背景に写っている人が、普通に着物を着ている様子から、昭和の早いころなのかもしれなかった。女主人の、髪形はさすがに時代がかっているが、服のデザインはまったく古臭くなく見える。当時の最先端だったのかもしれない。ということは、店主の上島は、この店を代々受け継いで今に至るのだろう。親から子へと受け継がれるものがあることをうらやましく思う。

上島が丁寧に淹れてくれたコーヒーは、なかなか美味しかった。

その上島が、「森山さんに、お渡しするものがありまして……」と言うのを、亜美は「いえ、事情だけお話しいただければ」と早口で遮った。

何かをもらって帳消しになどしたくない。

上島が、亜美の表情をしみじみ見た。

「本当に、小泉さんの言った通りですね……〝こちらには、かなり怒ってやって来るだろうし、いらない、と言い出すだろうから、事情を話してやってくれないか〟と……」

上島が、布貼りの重厚なトレイに、ひとつのネックレスを載せて出してきた。それは、色の違う石が七個収まった、小ぶりなネックレスだった。こんなに色がたくさんあれば、色合いがガチャガチャになりそうなのに、センス良くまとまっている。チェーンは金だ。

「まず、森山さん。この石をご覧ください。この色に見覚え、ありませんか……」と、上島は、ネックレスの一番端にある、緑色の石を指した。

その石を、どこかで見たはずだった。しかも、何度も見たことがあるはずの緑。この色合いに質感、間違いなく、これをよく知っている。亜美はしばらく眺めて、ばらばらのジグソーパズルから、探しているひとつのピースを見つけるときのように、記憶の中の緑を頼りに、あのころの風景を思い出していく。

古本の匂い。その家は、玄関から、本にうずもれるようだった。活字中毒と言っても良いくらいな本好きのため、道に捨ててある本もみんな持って帰ってきていた。だから、積んである本のジャンルは見事にばらばらだった。古くなって、町の図書館から出された本もあった。

「上野のおばあちゃんの玄関にあった、竜の口の緑色の玉」

ようやく記憶の中の緑と一致した。上野のおばあちゃんの玄関には、靴箱の上に、骨董品みたいな竜があって、その金属の竜が、緑色の玉をくわえていたのだった。

上野のおばあちゃん、本持ってきたよ、と言うと上野のおばあちゃんは「まあ、何の本？」と、何でもとても喜んだ。資源ごみの日は、学校の前に、ゴミ捨て場を回るのだ。活字好きが住んでいる家というのはだいたいわかっているので、そこを重点的に回る。資源ごみを狙うおじさんたちに、なわばりを荒らすなとばかりに追いかけられることもあったけれど、足の速さでは負けなかった。

「そうです。これは、上野さんの、竜の口の緑色のヒスイ。いきなり竜ごと持ち込まれてきて、上野さんが、これをネックレスにしてくれというから、本当に驚いてしまって。表のショーケースにも、宝石をリメイクいたしますってありますけど、竜の口の玉からネックレスなんて聞いたこともないから、お断りしたんです。そうしたら、事情があると言われまして」

「ちなみに竜の口の玉って、サイズ的には……」七星が訊いた。

このくらいかなあ？　と上島が手のひらを軽く握る。

「宝石はまだこの他に六個あるから、それを七個全部つなげてネックレスを作ってほしいと。今から七年前くらいですかね。その竜の玉を割って削って研磨して、最終的にこの形にカットしました。それでは、この隣の石も、見覚えありますね？」と、隣の石を指さす。

次は紫だ。この紫も見覚えがある。絶対にどこかで見ていたはずだった。

ふいに、線香の臭いを思い出す。線香の臭いと、光に透ける紫。

「池内のおばあちゃんの仏壇にあった、紫の石の豚の置物」

三味線の音を思い出す。日舞の得意な池内のおばあちゃんとは、町のお祭りに一緒に行った。浴衣はバザーのリサイクルのものを買ってもらった。あんなに背が曲がっているのに、池内のおばあちゃんは、簡単な盆踊りでも、手の先までものすごく優雅で、池内のおばあちゃんの後ろで踊ると、とても誇らしかったのを思い出す。

「そうです。この水晶は、池内さんの、元、豚の置物の紫水晶。当時は駆け出しだったものですから、仕事の断り方もよくわからなくて、この宝石のリメイク、結局、受けてしまったんです。それでもね、七個あるはずの宝石が、ぜんぜん揃わない。ひとつひとつの宝石分は、前払いで払ってくれたとはいえ、なんでそんな風にしているんだろうと不思議で。訊いたらね、形見としての宝石を、一人ひとつ、ここへ持ってくることになってるって。でもそんなこと言われたって、七個揃うまでデザインもできないし、次に何が来るかもわからないし。送り先の方を前にして、こんなことを言うのは何なのですが、ほんと、面倒な仕事をうけてしまったなと……」

長年、心に積もったことがあるのか、上島はしゃべりにしゃべった。

「宝飾デザインを学んできて、とにかく派手でゴージャスで、お金のかかったものを作りたいって野望があって、本当に申し訳ないんですけど、持ち込まれるものすべてが、代々伝わる宝石のようでもなさそうだし、お金も小さくたたんであったり、小銭ばっかりとか、苦労して貯めていたようなもので、なんでなんだろうってすごく疑問で。それで、ちょっと扱いに困って、事情を訊いたんです。そうしたら、これはみんなの愛する孫である、森山さんのためのネックレスだと。ちょっと待ってください、七人みなさんの愛する孫が、森山さんなんですかって。訊いたらそうだと。おばあちゃんが七人なんですかって。そうだよって。これは一体どういうことかと……」

上島は、遠い目をした。

「そうしたら、話してくれましたよ。ある日突然、小学生の孫ができたんだけど、なんだか様子がおかしいぞっていうことになって、誰かが後をつけたらしくて。そしたら、月曜日の祖母がいて、火曜日の祖母がいて、曜日ごとに祖母が七人いて、自宅にはほとんど帰らずに、七人の祖母の家を巡回しながら暮らしていることがわかったらしくて。それからは、七人こっそり集まって、祖母会みたいなのをやったりして、たびたびみんなで孫の話で盛り上がったそうですよ。とにかくみんなの自慢の孫だったと。実のおばあちゃんじゃなかったとしても、わたしたちの中では本当の孫だったって。みなさん、森山さんのことを話すときには、本当に懐かしそうでした」

「そんなの嘘です」亜美は冷ややかに言った。「わたし、そのおばあちゃんたちに、ある日、ほっぽり出されたんですから。〝二度と来るな〟って感じで」

　おばあちゃんたちといるとき、あんなに楽しかったのに、一緒に食べたご飯も、あの盆踊りも笑顔も、ひとりひとりが全部嘘で、全部演技だったのだろうか。にこにこ笑っていながら、腹の中では、とっとといなくなってほしいと思われていたのだろうか。そうではないと思いたいけれど、現実は違う。

　自分は要らなくなったのだ。もう時が過ぎて、なんともなくなったはずの心が悲鳴を上げる。

　七人のおばあちゃんたちは全員死んだ。

もう誰もいない。

亜美の言葉に、上島が頷いた。「森山さんは、おばあさんたちに〝ほっぽり出された〟と、さっきおっしゃいましたが、その件に関しても聞いてます。祖母会でも意見が分かれたらしいですね、そりゃみんな、かわいい孫とずっと暮らしたいでしょうし、この楽しい生活をいつまでも続けたい。でも、小泉さんが、ひとりひとり、説得して回ったんですよ、他の祖母たちをね。〝わたしたちは、これ以上、孫と一緒に暮らし続けるわけにはいかない〟とね」

胸が苦しくなる。誰かが悪者になるのはいやだから、一斉に手を放そう、とでも説得して回ったのだろうか。

「それって、もう縁もゆかりもない小学生の面倒見るのが、いいかげん、重荷になってきたからですよね？」

だからあんな形で逃げたのだ。

何も告げない、卑怯なやり方で。

上島は、コーヒーを一口、口に運んだ。

しばらく、どう話そうかと、考えているようだった。

「小泉さんは、幼いころから、父親がいなくて、病気のお母さんの面倒を長いこと一日中見ていた上に、おばあちゃん、おじいちゃんの介護をして看取って、終わったらすぐに姉の介護が始まったんだそうです。それが当たりまえの時代だったからと、本人は言っていましたけど、夜も数時間ごとに、お母さんの寝返りをうたせなければならないし、お母さんは刻んで柔らかくしたものを、日に十回分けてしか、食べられなかったらしいですね、だから、ほとんど小学校にも通えなくて、お母さんが亡くなった後に、夜間学校で、文字をようやく覚えたと言っていました。計算も何もほとんどできなくて、自分の人生は介護で終わってしまって、ふと気が付いたら自分には何もなくて、無職で友達もいなくて、貯金もなくて、天涯孤独で、病も患って、何もできない年齢になっていたと」

　亜美も、七星も、身じろぎもできずに聞いていた。

「〝わたしたちの大好きな孫は、まだあんなに小さいのに、わたしたちの生活が楽になるようにって、朝から晩まで駆けまわってくれた。ひとり暮らしで、身寄りもなくて、お金に余裕もないわたしたちが、今以上に弱っていったら、優しいあの子はきっと見過ごせない。このままいれば、あの子は七人のおばあちゃんたちの世話に、一日中かけずりまわってしまう。もういいんだよ、って言っても、絶対にやめない。わたしたちの孫は、そういう子なんだ〟って。〝ひとり減りふたり減り、介護の末に七人も看取らせて、最後にひとりぼっちで、何も持たせずにこの世に放り出すわけにいかない。わたしたちは、あの子を今手放して、支援につなげるべきだ。自慢の孫の夢を潰すわけにはいかない、あの子には大きな夢があるんだ〟と。だからせめて、七人全員が死んだ後で、このネックレスがあの子の手にわたるように、天国宅配便っていう宅配便に頼むんだと言っていました。最後に残ったお一方が、天国宅配便に依頼したんです」

　上島は、涙をこらえているようだった。

「僕、なんてひどいことを考えたんだろうって。こんな面倒なだけで、単価の安い仕事やりたくない、もっと高い宝石でゴージャスなデザインがしたいって思ってた自分が許せないっていうか。その話聞いたときに思いました、やりましょう、僕がやりますって。自慢のお孫さんに、みなさんの宝石で、僕が世界で一番のデザインをしますって。だから、森山さん、この宝石を――」

　そう言って、ネックレスを亜美に渡そうとした。ネックレスの宝石は、どれも色も形も違ったが、七色それぞれの色を調和させて、トレイの上に置かれている。その七つの宝石の色がどんどんにじんでいく。

　亜美は首を横に振った。

「受け取ることは、できません」

「受け取れませんって、どうして」必死に言う上島から、身を隠すように亜美はうつむいていた。

「……無理です」

亜美は言った。膝で握りしめた拳の上に、ぽたぽたと雫が落ちる。

「もらう資格がないんです。大成功なんてしなかった。何にも自慢の孫じゃない。あのとき夢がどうとか言ってた子供も、今はもう俳優の夢なんて諦めて、何も関係のないアルバイトで食いつないでます。友達もいなければまともな家族もいない。やりたくもないバイトをして、ただ年をとっていくだけ。きっと死ぬまでこのまま。わたしなんてただのゴミです」

オーディションは、受からなかった。飛び上がって喜ぶ合格者の隣で、いつだって歯を食いしばっていた。まだやれる、まだやれる、と思っていても、どうしてもあと一歩のところで届かなかった。もしも隣で大喜びしている合格者の家に生まれていたら、自分が絶対合格していたはずなのに。

いつしかそんな夢を見るのもやめた。子供の頃はわからなかったのだ、夢を見るのにも資格がいる。ゴミの家に生まれたゴミの子供は、ゴミの夢しか見られない。

「ゴミだなんて。それは絶対に違いますよ、僕が保証します。この宝石を持ってくるときに、みなさん、すごく愛おしそうに持ってきました。みなさん、孫自慢をしていました。孫ってそういうものじゃないですかね、ただ、生きていてくれるだけでよくて。存在してくれるだけでよくて。大スターになるならないは、大きな問題じゃなくて。七人のおばあちゃんの自慢の孫が、こうやって生きていてくれることが、きっと嬉しいんだと思います。みなさん、かわいい孫を語るときは、ずっと遠くの未来を見ていました」

――亜美――

――亜美や――

――あみちゃん――

記憶の蓋が開いていく。思い出すことすら辛くて、必死に考えないようにしていた記憶だった。おばあちゃんたちの呼び声。世界の何よりも大好きだった、おばあちゃんたちの。

亜美が泣き止むまで、上島も七星も、辛抱強く待っててくれていた。

「僕ね、うまくいかない時期が続いていて、この店畳んで、ジュエリーデザイナーなんて辞めようかなって迷った時があったんですよ。でもおばあちゃんたちのこの依頼があるから、店を畳めなかった。ちゃんと森山さんにお渡しするまで、ここ、辞められないなって。でも受けてよかったです、心から。七人のおばあちゃんたちは、森山さんだけじゃなくて、僕にとっても最高のお客さんたちでした」

そう言って、上島はネックレスを亜美の首につけてくれた。

亜美のつけたネックレスは、竜の口の緑のヒスイ、仏壇にあった紫の豚の紫水晶、数珠の水晶、文鎮のトルコ石、ブローチのシトリン、帯留めだった象牙、髪飾りのメノウでできていた。それでも不思議と調和して、まとまりのあるデザインとなっていた。ネックレスを付けたのは初めてだったのに、鏡で見ると、前から自分が愛用していたネックレスみたいに、しっくりと馴染む。

亜美には、まだわからないことがあった。

「あの……このネックレスを受け取る指定の日付があったのですが、何か意味があるんですか。おばあちゃんの誰の誕生日とも違うし、わたしの誕生日でもないです。記念日でもないし、何も特に思い当たることがなくて」

上島は笑って頷く。

「覚えてますよね、小学校で、いばら姫のミュージカルを観たこと」

亜美は、小学校の巡回公演で、生まれてはじめて、ミュージカルというものを観た。いつもの体育館が森になり広大な城になり、自分というものが溶けていって、本当にいばら姫の世界に入ったみたいだった。その場の空気と、役者の気合みたいなものがぴったり合ったのか、太鼓をどんどん叩いたら空気の震えを感じるように、自分の心が舞台と一体になって震えるのがわかった。終わった後しばらく立てないくらい、夢の世界に浸っていた。

その晩、熱を出して、横になりながら、うわ言のように舞台のことばかりしゃべるので、福崎のおばあちゃんは焦ったらしい。

その日から、わたしたちの特訓が始まった。月曜日、民謡が好きな二色のおばあちゃんは、まかせろとばかりに発声練習をやった。こぶしのきかせかたも教えてもらった。火曜日、千葉のおばあちゃんと、花の舞台を作ってその中で舞った。水曜日、成田のおばあちゃんは、あまり布で素敵なドレスを作ってくれた。木曜日、お笑い好きの福崎のおばあちゃんは、ノリツッコミを教えてくれたけど、ミュージカルでは使わないんじゃないかなと言ったら、「そんなことないで。いばら姫もノリツッコミくらいできなアカン」と、熱心に間のとりかたを教えてくれた。金曜日、小泉のおばあちゃんは、宿題が終わると、「よろしい。よく頑張りました」と言って、自主練習にずっと付き合ってくれた。土曜日、日舞が得意な池内のおばあちゃんは、踊りの振り付けをしてくれた。日曜日、上野のおばあちゃんの家には、いばら姫の童話もあって、なんども読んでもらいながら眠った。

　幸せだった。もう決して戻れはしない日々だけれど。

「いばら姫の劇を学校で見た日から、あの子は演劇に夢中になったと、みなさん目を細めておいででした。その日から、みなさん、数えきれないくらい、魔女の役をやったそうですね。いまだに台詞も覚えてるって言っていました。その日は、孫の大きな夢の誕生日なんだと」

　いばら姫のフレーズがよみがえる。

――良い魔女たちは、生まれたばかりの姫に、魔法の贈り物を授けました。一人は美徳を、一人は富を、もう一人は礼節を、そんなふうに、人がこの世で望む、すべてのものを授けていきました――

上島宝飾店に礼を言って出ると、つやつやの七星のバイクが、主を待つ賢い獣のようにそこにあった。もう日は暮れかけていた。ひんやりとした空気は刻々と明るさを失い、連れだって歩く学生たちのスマホの画面が淡く光るのを見る。七星がバイクにまたがった後で、後部座席に乗り込んだ。

それにしても、いつもの休日がこんな一日になるとは、思ってもみなかった。突然の招待状、七人の魔女に、天国宅配便。大きなバイクに、諦めの悪い宅配人。

夜のバイクは、光の中を滑っていくみたいだった。

生きていれば、いろんなことがあるものだと亜美は思う。

赤信号で止まった七星のバイクは、車列の一番前にいた。

「もう少し頑張ってみる！」

亜美は、前の七星にしっかり聞こえるように、声をあげていた。

もう一度、一からやってみる。自分には、七人の魔女がついているのだから。

「何をですか！」

「なんでもない！　とにかくやってみる！」

信号が青に変わる。

バイクはぐんぐん加速して、後ろの車を引き離し、自分が流れ星になったみたいに進む。

亜美は、片手でそっとネックレスに触れながら思う。

わたしは今、世界一のネックレスをつけた女だ。

エピローグ

七星は、おしゃれで新しい家が、お揃いの顔をして均一に並んだ住宅街も好きだが、古い家、新しい家がほどよく入り交じった住宅街も好きだった。そんな住宅街は、時間の層がほどよく混じりあい、よく耕された畑みたいな雰囲気がある。今日の目的地である配達先は、そんな住宅街の中にあった。

七星は、配達バイクをゆるゆると進める。

新築ほやほやのお家には、玄関に三輪車があるので、きっと小さなお子さんがいるのだろうし、オリーブの木も植わったばかりのようで、まだ背が低い。そのお隣の、いかにも昭和らしい雰囲気のお家の壁には、よくこんな狭い隙間に咲いたものだと、感心するようなところに、一輪のたんぽぽが咲いていた。この家の主も、きっと抜かずにおいたのだろう。ここを通っていく人も、ちぎったりしないで、壁のたんぽぽが咲くのを見守っているのかもしれない。

そのまま進んでいくと、不意に目が合った。塀の上から、黒猫がじっとこちらを見つめている。

ここだ。と七星はバイクを停める。ヘルメットを脱いで、髪をちょっと整えた後、制服の帽子をきちんと被った。バイクのミラーで、耳の所の髪がへんにはねていないか、左右をチェックすると、荷台の中から、小ぶりの箱を取り出した。

配達先の家は一軒家で、男の人がひとりで住んでいると、依頼人からあらかじめ聞いていた。家の主は植物好きだったのか、よく手入れされた藤棚があった。気持ちのいい縁側だ。まだ満開ではないが、房になったつぼみが、ちらはら開き始めている。この藤の花が満開になったら、きっと、素晴らしい眺めになるだろう。そういえば、依頼人は懐かしそうに、昔はこの縁側でよくコーヒーを飲んだ、と言っていたっけ。

ずっとこの藤棚を、綺麗に育て続けてきたんだな、と思う。

表札も聞いていた通り、石渡《いしわた》とあり、郵便受けの名前も、石渡彰《あきら》、とある。年齢は七十歳とのことで、写真の顔から大体の想像をつける。男らしい雰囲気の知的な人だ。若いころから水泳が好きだったらしい。

呼び鈴を押してみる。

それでも、家はしんと静まり返っている。

七星は、「すみません！」と言いつつ、扉をノックしてみた。

あまり人の気配がないような……。

すると、いきなり中からドアが開いた。きっと受取人の石渡だろうと思って、七星が姿勢を正すと。

中から出てきたのは年配の女の人だった。掃除していたのか、髪を三角巾で包み、腕まくりをしている。ひとり暮らしだと聞いていたのに、これはいったい……と七星は思う。ご家族の方だろうか。足元に、はたきや、バケツも見える。

「天国宅配便です。石渡彰さんはいらっしゃいますか」

その女の人が、一瞬、絶句するのがわかった。

「わたしは石渡彰の妹になりますが、兄は、つい二週間前に亡くなりました」

兄妹と言われてみれば、濃い眉も、くっきりした二重もよく似ている。その妹が大きく扉を開けると、玄関の先が少し見えた。新聞紙や古雑誌にはひもがかけられ、何袋もゴミ袋が積まれている。どうやら、家中を整理しているようだった。

亡くなっている――

天国宅配便は、遺品を配達するサービスだ。荷受けして、すぐに荷物を届けるわけではないという性質上、ごくまれに、相手に渡せない荷物も出て来る。今日みたいに。

理由はいろいろだ。相手がすでにお亡くなりになっている、といったことも理由の一つとなる。

小包を手に、七星は、「わたくしども天国宅配便は、ご依頼人の遺品を、しかるべき方の所へお渡しするという仕事をしております」と説明する。

「えっ遺品？」妹は驚いたようだった。「えっ、ちょっと待って、遺品の配達なの？　お兄ちゃんに？　それ、誰からになってます？」と言いながら、頭の三角巾を外した。

「これは、徳《とく》見《み》一《はじめ》さんからの小包です」

「徳見さん……徳見さん……」と眉間に手を当ててしばらく考えていた妹が、「ああ！　徳見さん、トクちゃん」と、思い出したように家の中に入っていった。すぐ戻ってきたかと思うと、手に一枚の写真を持っている。

「この人？」

その写真が、まさに徳見の写っているものだったので驚く。「ええ、この方です。徳見さん。ご依頼をいただいたのは、半年くらい前になりますが」

「この写真ね、兄の日記の最後のページに挟んであったの。まさか、兄だけじゃなく徳見さんまで亡くなってるなんて。こういう、虫の知らせみたいなのって、本当にあるのかもしれない……」と、妹がしばらく黙る。

「徳見さんは、兄と一時期、一緒に住んでいたことがあったんです。同じ大学に進学したんで、下宿費用を安く抑えようって話がまとまったらしくて。遠縁の親戚が持っていた、この一軒家をふたりで借りてましたね。兄はここが気に入って、結局働き出してから、この家、買い取ったんですよ」と、妹が、家をぐるりと見回す。

「徳見さん、そうか、亡くなったんですね……。あの、亡くなったの、いつかわかります？　妹のわたしとも顔見知りだし、三人で一緒に遊んだりもしたから、ちょっと気になっちゃって。差し支えなければでいいけど」

「徳見さんがお亡くなりになったのは、四日前です」

「そうですか……。徳見さん、お仕事が海外勤務になったみたいで、働き出してからはあまり、兄と親しく行き来してなかったらしいんですけどね。年賀状とかも書いてなくて、徳見さんにも訃報を送ろうと思ったんだけど、住所録にも名前がなかったし。でも、ふたりして、こんな近い時期に亡くなるなんて、なんだか、こんなときでも、兄と徳見さんはやっぱり仲良し同士だったんだなあって……。兄もね、突然、そこの庭先で倒れて、そのまま。身体だって水泳で鍛えていたのにね」

しばらく黙り、ふたりして、荷物を眺める。

「あの、その荷物、どうするんですか。うちの兄、もう亡くなっちゃってるんで」

七星は「大変申し訳ありません、この天国宅配便の荷物は、届け先が病室などの特殊な場合を除いては、必ず受取人の方、ご本人に直接お渡ししなければならない規約がありまして」と告げた。

「それは、代理で妹でもだめってことなのね。もうふたりとも亡くなっているんだから、わたしが受け取るってわけにはいかない？」

「申し訳ありません」

荷物がここにある以上、何が入っているかは、遺族として知りたくもなるだろう。それに、この妹は依頼人とは顔見知りなのだ。

「何が入ってたかはご存じ？」

「すみません。詳しくはわたしもわからなくて。徳見さんは、ご依頼の際に、手紙と、思い出のものを入れたっておっしゃっていました。高価なものだと、こちらでも保険を掛けますので、高額なジュエリーや高級時計などの場合は、申告してもらっています。財産になる類のものであったりということは、ないだろうと思います。個人的に、最後の挨拶として、お送りになりたいものだったかと」

「持つだけ持ってみてもいい？」と妹が言うので、「では」と出した手のひらにそっと載せる。重みがあまりないことに納得したのか、ふうん、そうか、と言って、荷物を戻してくれた。

「トクちゃんもお兄ちゃんも、本当に亡くなっちゃったんだね……」と、妹がぽつりと言う。

七星は、礼を言って石渡家を辞した。

この荷物は、受取人である石渡さん、ただひとりのための荷物だから、ご遺族にも渡すわけにはいかない。妹さんは、依頼人の徳見とも顔見知りのようだったし、兄の代わりに、自分が荷物を受け取りたい様子だった。そんな固いこと言わずに、もうふたりとも亡くなっているんだから、わたしが受け取ってもいいでしょ、と言いたげだった。誰も見ていないのだから、気を利かせて、荷物を妹にこっそり渡すことだってできたかもしれない。

でも、これが自分の役目で、もうここにはいない、依頼人との最後の約束でもあるのだからと、七星は荷物を荷台に入れ直す。沈んだ気持ちで、バイクを発進させた。

配達バイクを走らせながら、七星は、もし渡せていたら、どうだっただろう、ということをずっと考えている。送り主の徳見が亡くなったのは四日前、受取人の石渡が亡くなったのは二週間前。偶然とはいえ、近い時期にお亡くなりになったのだな、ということを考えると、普段は超自然的なものを信じないのだが、何か運命的なものを感じてしまう。

もしも渡せていたら……。さっきから、もう、今となってはどうにもならないことばかり考え続けてしまう。どうにもならないことは、宅配人の自分が一番よくわかっていることだったが、それでも、なんとかこの荷物を石渡本人に届けたかった。

送り主の徳見によると、荷物の受取人である石渡は、かつての親しい友人だったが、居所が遠く離れたこともあって、長い間会っていないとのことだった。天国宅配便にキャンセルの連絡がなかったということは、相手が亡くなったことは、依頼人まで伝わっていなかったのだろう。お亡くなりになる前に、相手が亡くなったことを、知った方がよかったのか、知らない方がよかったのか……。

やめよう。七星は思った。どれだけ考えようとも、送り主と受取人の間のことは、宅配人がいくら考えても、何もわからない。

七星は、出てきたときとは打って変わって、沈んだ気持ちで、古いビルに戻ってきた。このビルは五階建てのビルで、二階に天国宅配便の事務所、三階に写真ギャラリーがある。今週、写真ギャラリーの展示は、町の人たちを撮ったポートレートの作品展らしい。少女が驚いたような目をして、道の真ん中で写っているお知らせが飾ってある。この写真が撮られたのが、何年何月かはわからないけれど、道で振り向くこの子の一瞬の光と影が、こうやって写真という形で存在していることに、不思議な気持ちになる。

後ろで旧式のエレベーターがチン、と音を立てている。七星は荷物を抱え、階段を歩いた。古いビルなので、階数表示を照らすライトも古く、数字の2に、ぽうっと光が灯っている。階段に、ひんやりと靴音が響く。

事務所の扉には白い羽根のマークがあり、七星は扉を開けながら「……ただいまかえりました」と告げた。

パソコンに向かっていた社長が、声を聞いただけでわかるのか、どうした、と言いたげな顔でこちらを見てくる。銀縁眼鏡にちょっと手をやって「お疲れ様」と言い、文章の最後に句読点を打つように、たん、とキーを打ち、パソコンを静かに閉じた。

「もしかして、脚立？」

「はい」

依頼人を迎える、天国宅配便の応接室には、神棚のような棚がある。北側の壁で、天井近く、窓に向かって取り付けられた白木の棚なので、ぱっと見、誰もが神棚だと思うだろうし、依頼人の方から棚を話題にすることは、ほとんどない。

とはいえ、窓際に立って、じっと見てみると、それが一般的な神棚――お札だったり、丸い鏡、お塩や榊や清酒が並んでいるもの――とは、まったく違うものが並んでいるのがわかるだろう。

マトリョーシカ人形の隣にごつごつとした石、手作りらしき陶器の皿に熊の人形、小さな段ボール箱、花瓶、古い紙幣、ドライフラワーにレコードもある。それらは、天国宅配便に託されながらも、わけあって、行き先を喪《うしな》ったものたちだった。

七星は、応接室の机に、今日届けられなかった荷物の箱を置いた。椅子に座り、その箱をしばらく眺める。段ボールの、小ぶりな箱だ。送り先の所に、繊細な右上がりの文字で住所と、石渡彰さま、と書いてある。

　これは、人生最後に送られた荷物だ。送り主の徳見は、かつての友人であり、同居人だった石渡に、いったい何を伝えたかったのだろう。

　七星は、手を合わせてから、そっとその荷物を開けた。

　さっき七星は、石渡の妹に、ひとつの嘘をついた。七星は、この荷物の内容を知っていた。徳見はもう、指の力がなくて、うまく梱包できなかったので、七星が梱包を手伝ったのだ。

　中には、梱包したときと同じように、白い布で包まれた、小さな銀の写真たてが入っていた。写真たての中には、先ほど見た藤棚の縁側で、男同士で肩を組んで笑っているモノクロ写真が入っていた。それは、さっき、石渡の日記の最後のページから出てきたという写真と、まったく同じものだった。

　いい写真だった。

　あと、手紙が一通入っている。

　社長が棚の下に脚立を持ってきて、ゆっくりとした手つきで開くのを見て、七星は応接室の窓を大きく開け放った。五月の風がゆるく吹く中、社長は脚立に登り、はたきを持って、棚のほこりを丁寧に払っていく。

はたきを小脇に抱えつつ、「七星、これを」と、社長が金属の箱を下ろしてくるので、それを両手で受け取った。金属の箱は、見た目よりもずっと重みがある。なんの装飾もない、金属の色のままの箱。受け取りながら、中で、数枚の紙が動く感触が微かにした。

手紙は依頼人と故人との間のものなので、開封せずに、この箱にしまっておく。この箱は、蓋がきっちりと入れ子になっていて、そのときの空気さえも、中に閉じ込めるようだった。手紙を丁寧に収めて、ふたを閉めると、ふすっ、というような音が鳴った。閉じられた箱を前に、七星は思う。

依頼人の徳見は、石渡について、あまり多くは語らなかった。ただ、大事な人だと言っていた。人生の中で、とても、と。

ひとことだけ、謝ることができたら――

藤の花の下で笑う、徳見と石渡、このふたりにどんな歴史があったのか、どんな物語があったのかは、もう永遠にわからない。石渡の妹にも、中身のことは何も知らせなかった。でも、きっとそれでよかったのだろう。

石渡の家の、玄関から奥を見たわけではないけれど、部屋の主の、生活で使われていたであろう、こまごまとした物たちが処分されつつある室内は、もの悲しい光景だった。そんな中で、あの藤棚だけが、命をつないでいた。

石渡の家は、いずれ売却されるのだろうか。そうだとしても、あの藤棚が次の持ち主にも、受け継がれていったらいいなと思う。

藤の花は今年も咲くだろう。誰か、その様子を見る人はいるだろうか。七星は、主を失った静かな家の縁側に、藤の花がいくつも咲く様子を想像する。

あの藤棚の下で、ふたり、笑っていた瞬間が確かにあった。その一瞬が、この写真たての中にある。七星は、注意深くその写真たてを手にとって、社長に渡した。

脚立の上の社長は、棚の花瓶の隣に、写真たてを飾った。その隣に、手紙を収めた金属の箱を安置し、しばらく、左右のバランスを見て、位置を微調整する。七星も同じように、棚と、その上に並べられた物たちを眺めた。

天国宅配便では、依頼を受けるとき、必ず訊くことがある。

――お預かりしたお荷物は、責任をもって受取人の方まで、必ずお届けします。今まで配達してきて、めったにないことなのですが、受取人の方の理由で、受け取りが不可能な場合があります。例えば、受取人の方が先にお亡くなりになったり、意識が戻られないなどの、そういった場合です。その際は、どうなさいますか――

もしものときのことを訊くと、ある人は、箱ごと焼却して灰を山にまいてほしい、と言い、ある人は、遺族に頼んで持っておいてほしいと言い、ある人は、木の下に埋めてほしい、と言う。

依頼の打ちあわせをした病室で、徳見は、寂しそうな眼をして、「そうか、そういうこともあるんだね」と言った。

「これが事務所の棚の写真です。遺される荷物はこちらに。手紙は開封せず、一番右端の金属の箱に、大切にしまっています」と、棚の写真を見せると、徳見は、ゆっくりと笑った。

「もしもそうなったら、僕も、この棚に置いてほしいな。行き場をなくした宝物同士で、仲良くできるかもしれない。僕も彼もいなくなったあとでも、ここにずっと存在して、あなたがたの働きぶりを見るのは、面白いだろうね」

儀式めいた厳かな手つきで、社長が脚立を閉じる。棚の上の写真たては、昔からそこにあったもののように、もう棚の上に馴染んでいた。脚立を物置に片づけた社長が、また部屋に戻ってくるまで、じっと七星はその棚を眺め続けた。

そうしようと申し合わせていたわけではないのだが、ふたりで並んで、行き場を喪ったものたちの棚に、黙禱を捧げた。

どこからか遠く、鳥の鳴き声が聞こえる。

七星は思う。届けたくても、届けられなかった思いがあったことを、心の奥に棲まわせながら、共に生きていこうと。

いつも、配達の前には、七星は、ちらっとその棚に目をやる。
今、手にしている贈り物を、無事に届けられるようにと、心の中で祈りながら。
——行ってきます！

本書は書き下ろしです。
作中に登場する人物、団体名はすべて架空のものです。

柊サナカ●ひいらぎ さなか

1974年、香川県生まれ。日本語教師として7年間の海外勤務を経て、2013年「このミステリーがすごい！」大賞の隠し玉として『婚活島戦記』でデビュー。『人生写真館の奇跡』『天国からの宅配便』『お銀ちゃんの明治舶来たべもの帖』「谷中レトロカメラ店の謎日和」シリーズなど著書多数。

天国《てんごく》からの宅配便《たくはいびん》 あの人《ひと》からの贈《おく》り物《もの》

2023年2月25日　第１刷発行

著　者――柊サナカ

発行者――箕浦克史

発行所――株式会社双葉社
東京都新宿区東五軒町3-28　郵便番号162-8540
電話03(5261)4818〔営業〕
03(5261)4831〔編集〕
http://www.futabasha.co.jp/
（双葉社の書籍・コミック・ムックが買えます）

DTP製版――株式会社ビーワークス

印刷所――大日本印刷株式会社

製本所――株式会社若林製本工場

カバー印刷――株式会社大熊整美堂

落丁・乱丁の場合は送料双葉社負担でお取り替えいたします。
「製作部」あてにお送りください。
ただし、古書店で購入したものについてはお取り替えできません。
電話03(5261)4822〔製作部〕

ISBN978-4-575-24604-9 C0093